福尔摩斯探案精选丛书

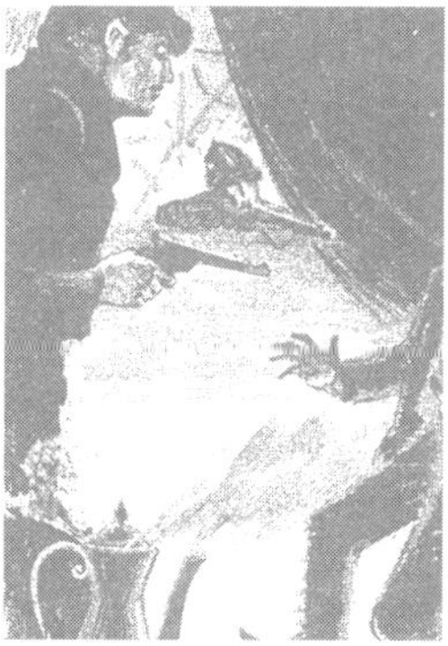

恐怖谷

[英] 阿瑟·柯南·道尔　著
李家云　译

群众出版社
·北京·

图书在版编目（CIP）数据

恐怖谷 /（英）阿瑟·柯南·道尔著；李家云译．—北京：群众出版社，2021.12

（福尔摩斯探案精选丛书）

书名原文：The Valley of Fear

ISBN 978-7-5014-6134-9

Ⅰ.①恐…　Ⅱ.①阿…　②李…　Ⅲ.①侦探小说—英国—现代　Ⅳ.①I561.45

中国版本图书馆 CIP 数据核字（2021）第 217322 号

恐怖谷

［英］阿瑟·柯南·道尔　著　　李家云　译

出版发行：群众出版社
地　　址：北京市丰台区方庄芳星园三区 15 号楼
邮政编码：100078
经　　销：新华书店
印　　刷：天津嘉恒印务有限公司

版　　次：2021 年 12 月第 1 版
印　　次：2021 年 12 月第 1 次
开　　本：880 毫米×1230 毫米　1/32
印　　张：5.625
字　　数：155 千字

书　　号：ISBN 978-7-5014-6134-9
定　　价：22.00 元

网　　址：www.qzcbs.com
电子邮箱：qzcbs@sohu.com

营销中心电话：010-83903991
读者服务部电话（门市）：010-83903257
警官读者俱乐部电话（网购、邮购）：010-83901775
文艺分社电话：010-83901730　010-83903973

出版前言

《福尔摩斯探案全集》是世界上最伟大、最畅销的文学作品之一，因其独具匠心的布局、悬念迭起的情节、精妙独特的叙事手法和凝练优美的语言，第一次让侦探小说步入世界文学的高雅殿堂，使侦探小说成为一个独立的文学类别而备受世人赞誉。在高潮迭起的情节中，神探与罪犯对抗、正义与邪恶对立，强烈地吸引着读者去努力寻求答案，让读者感到惊险刺激，却又欲罢不能。这些神奇的探案故事影响了一代又一代人，至今仍然脍炙人口。

群众出版社自1956年成立，历经六十多年的发展，以翻译出版国外侦探推理小说在出版界和广大读者中享有盛誉，特别是福尔摩斯系列探案故事中译本的出版更具代表意义。群众出版社于1957年至1958年即约请著名翻译家刘树瀛（笔名倏莹）、严仁曾、丁钟华、袁棣华直接从英文翻译出版了“福尔摩斯探案系列”中的三部长篇小说《巴斯克维尔的猎犬》（刘树瀛译）、《四签名》（严仁曾译）、《血字的研究》（丁钟华、袁棣华译），这是新中国成立后最早出版的关于福尔摩斯探案故事的图书。

1978年，刚刚恢复成立的群众出版社首先对20世纪50年代出版的“福尔摩斯探案系列”的三部长篇小说进行了全面校订并内部发行，不想这套书一炮打响，十分抢手。在此情况下，群众出版社决定翻译出版《福尔摩斯探案全集》并争取公开发行。历时两年多的认真翻译和精心编校，群众出版社于 1981 年 8 月出版了《福尔摩斯探案全集》。

群众版《福尔摩斯探案全集》三卷本自 1981 年出版发行以来，深受广大读者欢迎，并于 1991 年荣获第一届全国优秀外国文学图书奖。该书多次重印，成为全国销量最大的《福尔摩斯探案全集》，成为中国读者最为熟悉和推重的版本。四十年以来，虽然福尔摩斯探案故事成为多家出版社的热门出版选题，先后有多种译本被反复出版，群众出版社的"1981 年版"始终是广大读者心目中的最佳版本，成为群众出版社的"镇社之宝"。

经过历时三年的精心修订，2014 年，我社又出版了《福尔摩斯探案全集》修订版，受到了读者的广泛好评。首先，我社特聘著名英美文学研究专家、厦门大学外国语学院教授林斌女士根据英文版原著对全书译文进行了审核、校正。此项工作艰辛而繁琐，但为后来的修订、编校工作打下了非常良好的基础。参与本书修订工作的编辑们不断提出编校中的各种问题，反复共同研究，确定统一标准，认真核查原著，除了更正错译、漏译之处，修改错别字、表述不当的语句、知识性差错、误用的标点等以外，还对全书译文中的人名、地名、专有名词、注释等进行了统一与规范。

2019 年，为了满足不同读者的阅读需求，我们在《福尔摩斯探案全集》（修订版）三卷本的基础上，出版了五卷本（有声版），添加了方便读者扫描和收听的二维码。群众版《福尔摩斯探案全集》五卷本（有声版）从选音录制到最终定稿，历经一年零三个月。全书一百五十余万字，共四个长篇和五十六个短篇，录音总时长近九十个小时，可谓独具匠心之作。

2021 年，我社推出了《福尔摩斯探案全集》最新插图有声版，共分三卷。书中每部（篇）作品均添加了音频二维码，使其既可读又可听，为读者带来全新的阅读体验。我们特邀著名插画家许多为本书手工绘制了全新插图一百五十二幅，构图讲究，画风细腻，人物形象生动传神，具有典型的时代风情。

本次出版《福尔摩斯探案全集》中著名的四个长篇《血字的研究》、《四签名》、《巴斯克维尔的猎犬》、《恐怖谷》的单行本，以及《福尔摩斯探案精选》，意在方便读者阅读和携带，希望能带给读者不同的阅读体验。其中，《福尔摩斯探案精选》遴选了作者、读者、评论界认可度较高的探案佳作十二篇。书中保留了《福尔摩斯探案全集》修订版的文字，《福尔摩斯探案全集》五卷本（有声版）的音频二维码和《福尔摩斯探案全集》最新插图有声版中的精美插图，可谓“集所有版本之大成”。读者可以边听边看，十分方便。同时，丰富了图书的品种，以满足不同读者的需求。

群众出版社

2021年11月

目　录

恐怖谷

第一部　伯尔斯通的悲剧

目 录

第二部　死酷党人

第一部　伯尔斯通的悲剧

一　警告

“我倒以为……”我说。

“我必须这样做。”福尔摩斯急躁地说。

我自信是一个极有耐性的人，但是不得不承认，他这样轻率地打断我的话，确实让我感到不快。因此，我严肃地说：“福尔摩斯，说真的，你有时真叫人有点儿难堪啊！”

他埋头沉思着，没有立刻对我的抗议作出回应。他一只手支着头，面前放着一口未尝的早餐，双眼凝视着刚从信封中抽出来的那张纸条，然后拿起信封，举到灯前，非常仔细地研究它的外观和封口。

“这是波尔洛克的笔迹，”他若有所思地说，“尽管我以前只见过两次波尔洛克的笔迹，但是我已经可以肯定这张小条就是他写的。希腊字母‘ε’上端写成花体，这就是他的特色。不过，这要真是波尔洛克写的，那它一定是在试图传递一些非常重要的信息。”

他更像是在自言自语，而不是对我说的；但是这番话却引起了我的兴趣，之前的不快也就烟消云散了。

“那么，波尔洛克是个什么人呢？”

“华生，波尔洛克是个假名，它不过是一个人的身份符号而已；在它背后却是一个诡计多端、难以捉摸的人物。在前一封信里，他直言不讳地告诉我，这不是他的真名，并且公然向我挑衅，说要想在这大都市的茫茫人海中去追踪他是徒劳无益的。波尔洛克之所以重要，并不在于他本身，而在于他所结交的那个大人物。你想想看，与鲨鱼同游的鲭鱼，与狮子同行的豺狼——一个本身看似不起眼儿的东西，它一旦和一个凶恶的怪物携起手来，那会怎样呢？那个怪物不仅凶恶，而且阴险至极。华生，在我看来，他就是这样一个怪物。你听说过莫里亚蒂教授吗？”

“那个手段高超的罪犯，臭名远扬，在贼党中的名声犹如……”

“别说外行话，华生。”福尔摩斯不满地嘟囔着。

“我是想说，犹如在公众中一样默默无闻。”

“妙！你真有过人的机灵！”福尔摩斯说道，“真没想到你现在说起话来还这么狡黠而幽默呢！华生，这我可要小心提防点儿了。可是如果把莫里亚蒂叫作罪犯，从法律上讲，你却是在公然诽谤，但这正是奥妙之所在！他是古往今来最大的阴谋家，是一切恶行的总策划人，是黑社会的首脑，是一个足以左右民族命运的智囊！他就是这样一个人。可是一般人对他毫不怀疑，他从未受到过任何指摘，他善于处世为人、作风低调谦逊。因此，就凭你说的这几句话，他就可以把你拖上法庭，罚你一年的津贴去抵偿他的名誉损失。他不就是《小行星力学》这部书的作者吗？这部书上升到纯数学罕有的高度，据说科学界没有人能对它提出什么批评。这样的人，是可以中伤的吗？信口雌黄的医生和受人诽谤的教授，这就是你们两人将分别得到的头衔！那可真是个天才呢，华生。可是，只要那些小爪牙弄不死我，我们总有一天会得胜的。”

“但愿能看到这一天！”我热诚地欢声道，“可是你刚才提到波尔洛克……”

“噢，不错。这个所谓的波尔洛克是整个犯罪链条中的一环，离他连接着的那个庞然大物并不远。波尔洛克是相对脆弱的一环，这只是我们俩之间这样说罢了。就我所观测到的来说，他是这个链条中唯一的薄弱环节。”

“可是一环薄弱，全局也不能坚固啊！”

“一点儿不错！华生，因此，波尔洛克就非常重要了。他还有点儿起码的正义感，我曾暗地里送给他一张十英镑的钞票，在这一点儿适当的鼓励下，他曾有一两次事先给我送来过很有价值的消息。之所以说很有价值，是因为它们能使我预见并防止某一罪行，而不是让我事后再去惩办罪犯。我确信，如果手头有密码，我们就能发现这正是我上面说过的那种信。”

福尔摩斯又把那张纸平铺在空盘子上，我站了起来，在他身后低头注视着那些稀奇古怪的文字。文字排列如下：

534 C2 13 127 36 314 17 21 41
DOUGLAS 109 293 5 37 BIRLSTONE
26 BIRLSTONE 9 47 171

“福尔摩斯，你从这些字里能得出什么结论呢？”

“很明显，这是用来传达秘密消息的。”

“可是没有密码本，密码信又有什么用呢？”

“在这种情况下，是完全没有用的。”

“为什么你说‘在这种情况下’呢？”

“因为有许多密码，在我读起来，就像读报纸通告栏里的广告一样容易。那些简单的东西只会使人感到有趣，而不会感到厌倦。可是这次就不同了，它显然指的是某本书中某页上的某些词。如果不知道这是在哪本书的哪一页上，那我就无能为力了。”

“那为什么又有道格拉斯（DOUGLAS）和伯尔斯通（BIRLSTONE）两个词呢？”

“显然是因为这本书上没有那两个词。”

“那他为什么不指出是哪本书呢？”

“华生，你与生俱来的机智和狡黠常让你的朋友们感到愉悦；就凭这点机智，你也不至于把密码信和密码本放在同一个信封里。因为信件一旦投递错了，那你就败露了。像现在这样，只有两封信都出了差错，才会出乱子。我们的第二封信现在应该已经到了。如果未来的那封信里没有提供解释性文字，或者更可能的是，如果没有查阅这些符号的原书，那才叫我奇怪呢！”

果然不出福尔摩斯所料，过了几分钟，小仆人比利进来了，送来了我们所期待的那封信。

“笔迹相同，”福尔摩斯打开信封时说，“并且竟然还签了名。”展开信笺时，他兴高采烈地接着说道，“喂，华生，我们有进展了。”可看完信的内容以后，他的双眉又紧锁起来。

“唉，这太让人失望啦！华生，恐怕我们的期待要变成泡影了。但愿波尔洛克这个人不会遭到不幸。”

亲爱的福尔摩斯先生：

这件事我不愿再干下去了。这太危险了，他怀疑我了。我看得出来他怀疑我了。当我写完通信地址，打算把密码索引寄给你时，他突然就过来了。幸亏我把信盖住了。要是让他看到了，我就遭殃了。可是，我从他的眼睛里看到了怀疑的目光。请你把上次寄去的密码信烧了吧，那封信现在对你已没有任何用处了。

弗雷德·波尔洛克

福尔摩斯用手指搓弄着这封信，坐了一会儿，皱着眉头，凝视着壁炉。

最后，他说道：“也许这并没有什么，只不过是他做贼心虚罢了。他认为自己是贼党中的叛徒，所以可能从那个人的目光里看出了谴责的神色。”

“那个人，我想就是莫里亚蒂教授吧。”

“没错儿！他们那一伙人，不管谁只要一提到‘他’，都知道指的是谁。他们全体只有一个发号施令的‘他’。”

“可是，他又能怎样呢？”

“哼！这倒是个大问题。当你的对手是欧洲第一流的智囊，而且他背后还有黑社会的一切势力，那就什么都可能发生了。不管怎么说，我们的朋友波尔洛克显然是被吓糊涂了——请你把信纸上的笔迹和信封上的比较一下，可以看出，信封上的字是那个人突然来访前写的，所以清楚而有力，可是信纸上的字就潦草得几乎看不清楚了。”

“那他又何必写这封信呢？索性放下不管就是了。”

“因为他怕那样一来，我就会去追问他，给他找麻烦。”

“不错，”我说，“当然了。”我拿起原来用密码写的那封信，皱着眉头仔细查看，“明知这张纸上有重大秘密，可是又毫无办法破译它，简直把人急疯了。”

福尔摩斯推开他一口没尝过的早餐，点着了索然乏味的烟斗，这是他默然沉思时的伴侣。“我很奇怪！”他把身子仰靠在椅背上，凝视着天花板，说道，“也许你那马基雅维利①般的才智，漏过了一些东西。让我们靠单纯推理来考虑一下这个问题吧。这个人编写密码信的蓝本是一本书。我们就从这点出发吧。”

“相当没把握的出发点啊！”

“那么我们看看能不能把范围缩小一点儿。当我把注意力集中在它上面时，这件事就似乎不是那么高深莫测了。关于这本书，我们有没有什么线索呢？”

“一点儿也没有。”

“嗯，未必完全糟到这个地步。这封密码信，开始是一个大写的‘534’，不是吗？我们可以假设，‘534’是密码出处的页数。那么我们这本书就是一本很厚的书了。这样我们就多少有些进展了。关于这本厚书的种类，我们有些什么别的线索呢？第二个符号是‘C2’，你看它是什么意思呢，华生？”

“当然是说第二章②了。”

“不见得是这样，华生。我相信你会同意我的理由的：既然已

---

① 马基雅维利（1469—1527）：意大利政治哲学家和历史学家，《君主论》的作者。——译者注

② 英文的章为“Chapter”，栏为“Column”，均以字母“C”开头。——译者注

经指出了页码，那么章数就无关紧要了。再说，假如 534 页还在第二章，那第一章就一定长得令人吃不消了。”

“代表第几栏！”我说道。

“高明，华生。今天早晨，你真是才华横溢呀！如果它不是第几栏，那我可就真是误入歧途了。所以现在你看，我们设想有一本很厚的书，每页分两栏排印，每一栏又相当长，因为在这封信中，有一个词的标数是‘293’。现在我们的推理是否到顶了呢？”

“恐怕是到顶了。”

“你太小看自己了，华生。让你的智慧再放一次光芒吧。再动一动脑筋看看！如果这是一本不常见的书，他一定早已寄给我了。但是在他的计划遭到挫败以前，他没有把书寄给我，只是打算通过信件把线索告诉我。这就足以表明，这本书一定是他认为我自己不难找到的。他有这样一本，所以料想我也会有。总之，华生，这是一本很普通的书。”

“你的话听起来确实合情合理。”

“所以，我们已经把探讨的范围缩小到一本厚书上了。书分两栏排印，并且是一本常用的书。”

“《圣经》！”我得意扬扬地大声说道。

“好，华生！好！可是，如果你不见怪的话，还是不够理想。即便是这样，我恐怕也不会列举一个莫里亚蒂党徒手边不大会有的书来。此外，《圣经》的版本那么多，很难设想两个版本页码都相同。这显然是一本版本统一的书。他很肯定他书上的 534 页和我书上的 534 页完全相同。”

“可是符合这种条件的书却很少呢。”

“一点儿也不错，我们的出路恰恰就在这里。我们的查找范围又缩小到版本统一且人人都会有的一本书了。”

“萧伯纳的著作！”

“华生，这还是有问题的。萧伯纳的文字洗练，但词汇量有限，很难用来传递普通消息。我们还是把萧伯纳的著作排除吧。同理，字典也不适合。那么，还有什么书籍呢？”

“年鉴!”

“太好了，华生！如果你没有猜中要害，那我就大错特错了！年鉴！让我们来仔细考虑一下惠特克年鉴的条件吧。这是本常用的书。它有我们需要的那么多页数，分两栏排印，虽然开始词汇很简练，但是如果我没记错，它快到结尾时就很啰唆了。”福尔摩斯从写字台上拿起这本书，“第534页，第二栏，我看这是很长的一栏，是讨论英属印度的贸易和资源问题的。华生，把这些词记下来！第13个词是‘马拉塔’，我担心这不是一个吉利的开始，第127个词是‘政府’。虽然这些对我们和莫里亚蒂教授都有点儿离题，但至少还有点儿意义。现在我们再试试看。马拉塔政府做了些什么呢?啊，下一个词是‘猪鬃’。华生，我们失败了！这下子算完了!”

虽然他说话的语气似乎是在开玩笑，但是颤动的浓眉反映出了他内心的失望和恼怒。我也无可奈何，闷闷不乐地坐在那里，凝视着炉火。忽然，福尔摩斯兴奋地叫了一声，打破了长时间的沉默。他奔向书橱，从里面拿出第二本黄色封面的书来。

“华生，我们过于时新，这回吃亏了!”他大声说道，“我们因为追求时髦，受到了应得的惩罚。今天是一月七号，我们非常及时地买了这本新年鉴。但是，波尔洛克很可能是根据旧年鉴凑成他那封信的。毫无疑问，如果他把那封说明信写完的话，他一定会告诉我们这一点的。现在，我们看看第534页都讲了些什么。第13个词是‘There’，这就有希望得多了。第127个词是‘is’——‘There is’①,”福尔摩斯兴奋得两眼发光，在他数字的时候，他那细长的手指也激动得不住地颤抖着，“‘danger’②，哈！哈！好极了！华生，把它记下来。‘There is danger-may-come-very-soon-one’③，接下去是‘Douglas’④ 这个人名，再下面是‘rich-country-

① 这两个词连起来，是“有”的意思。——译者注

② 意为“危险”。——译者注

③ 意为“有危险即将降临到某人身上”。——译者注

④ 意为“道格拉斯”。——译者注

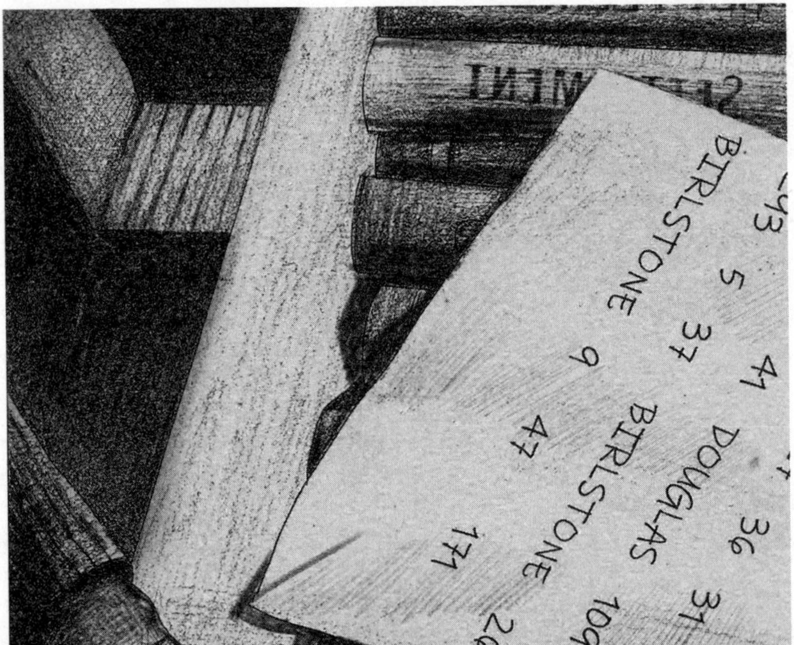

福尔摩斯尝试用书籍破解密码

now-at-Birlstone-House-Birlstone-confidence-is-pressing'[①]。你看，华生！你觉得纯推理和它的成果如何？如果蔬果店有桂冠这种商品出售，我一定要叫比利去买一顶来。”

福尔摩斯一面破译着密码，我一面在膝盖上把它草草地记在一张大页书写纸上。我不禁全神贯注地凝视着这些奇怪的词句。

“他表达意思的方法是多么古怪而勉强啊！”我说道。

“恰恰相反，他干得太妙了，”福尔摩斯说道，“仅仅在一栏文字里寻找那些用来表达你的意思的字眼，你很难指望能找到你所需要的每个词。因此，你只能留下一些东西，让你的收信人靠他的智慧去理解了。这封信的意思十分清楚。有些恶魔正在和一个叫道格拉斯的人作对，不管这个人是谁，信上说明他是一个富裕的乡绅。他确信——他找不到‘Confident’[②] 这个词，只能找到与它相近的词‘Confidence’[③] 来代替——事情已经万分紧急了。这就是我们的成果，而且是一项非常像样的分析工作呢！”

同真正的艺术家一样，福尔摩斯即使在没有达到自己孜孜以求的高标准而暗自失望的时候，对于自己比较好的工作成果还是会产生一种不带个人偏见的欣喜的。当比利推开门，把苏格兰场的警长麦克唐纳引进房间时，福尔摩斯还在为自己的成绩而轻声发笑呢。

那还是早在十九世纪八十年代末的时候，亚历克·麦克唐纳还没有像现在这样名噪全国。他那时还是个青年，可是他经手的案子都办得很出色，因而在侦探界备受信赖。他身材高大，体形健壮，一看就知道具有过人的体力；他那巨大的头盖骨和一双深陷而炯炯有神的眼睛，更清楚地说明他有着敏锐的智力，这种机智就从他那两道浓眉下闪烁出来。他是一个沉默寡言、一丝不苟的人，性格倔

① 意为“确信有危险即将降临到一个富绅——道格拉斯身上。此人现住在伯尔斯通村伯尔斯通庄园，火急”。——译者注

② 意为“确信”。——译者注

③ 意为“信任”。——译者注

强，带有浓重的阿伯丁口音。

福尔摩斯已经帮他办了两起案子，均告成功；福尔摩斯自己所得到的唯一酬劳就是享受用智力去解决疑难的快乐。因此，这个苏格兰人对他的业余同行非常友爱和尊敬，这表现在，他一有什么困难，就老老实实地来向福尔摩斯求教。一个平庸的人看不到别人比自己高明的地方，但是一个有才能的人却能立即观察出别人的天赋来。麦克唐纳很有才干，他深知向福尔摩斯求援并不有辱身份，因为福尔摩斯无论在才能上还是经验上，都已经是欧洲独一无二的侦探了。福尔摩斯不善交游，可是他对这个高大的苏格兰人并不讨厌，每次见到麦克唐纳，他总是面带微笑。

“你来得真早，麦克先生，”福尔摩斯说，“祝你顺利，我担心又有什么案件发生了吧？”

“福尔摩斯先生，我想，如果你不说‘担心’，而是说‘希望’，倒还更近情理些。”这个警长会心地微笑着回答，“好，一小口酒就可以驱走清早阴冷的寒气。谢谢你，我不抽烟。我不得不赶路，因为一件案子发生后，最初的几个小时是破案的黄金时间，这一点你是最清楚不过了，不过……不过……”

麦克唐纳警长突然停了下来，非常惊异地凝视着桌上的一页纸。这正是我草草记下密码信的那张纸。

“道格拉斯！”他结结巴巴地说，“伯尔斯通！这是怎么回事儿？福尔摩斯先生。天哪，这简直是在变魔术！你到底从哪儿搞到这两个名字的？”

“这是我和华生医生两个人偶然从一封密码信中破译出来的。可是，这两个名字出什么岔子了吗？”

麦克唐纳警长一脸茫然，目瞪口呆地看看我，又看看福尔摩斯。“正是这样，”他说，“伯尔斯通庄园的道格拉斯先生今晨惨遭杀害了！”

二　福尔摩斯的论述

这又是一个富于戏剧性的时刻，我的朋友就是为这样的时刻而生的。如果说这个惊人的消息让他感到分外震惊或是激动不已，那都言过其实了。尽管他的癖性中并不存在残忍的成分，但是长期以来的过度兴奋，无疑让他变得冷漠起来。然而，虽然他的感情淡漠了，他的洞察力却极端敏锐。这个简短的消息使我感到恐怖，福尔摩斯却不露声色，他显得颇为镇静而沉着，正像一个化学家看到结晶体从过饱和溶液里分离出来一样。

“意外！意外！”他说。

“但你似乎并不感到吃惊啊！”

“这只不过是引起了我的注意罢了，麦克先生，但绝不是吃惊。我为什么要吃惊呢？我从某方面接到一封匿名信，并知道这封信非常重要。它警告我说危险正威胁着某个人。一个小时之内，我得知这个危险已经成为现实，而那个人已经死了。正像你看到的那样，它引起了我的注意，可我并不吃惊。”

他把这封信和密码的来由向警长简单讲述了一遍。麦克唐纳双手托着下巴坐着，两道淡茶色的浓眉蹙成了一团。

“今天早晨我本来是要到伯尔斯通去的，”麦克唐纳说，“我来就是想问一下你和你的这位朋友是否愿意和我一起去。不过，从你刚才的话来看，我们在伦敦也许能办得更好一些。”

“我倒不这样想。”福尔摩斯说。

“真是活见鬼了！福尔摩斯先生，”麦克唐纳警长大声说道，“一两天内，报上就该登满‘伯尔斯通之谜’了。既然在罪行还没有发生以前，在伦敦就已经有人预料到了，那还算得上什么谜呢？我们只要捉住这个人，其余的一切就迎刃而解了。”

“这是毫无疑问的，麦克先生。可是你打算怎样去捉住这个所谓的波尔洛克呢？”

麦克唐纳把福尔摩斯递给他的那封信翻过来说：“是从坎伯威尔投寄的，这对我们没有太大帮助。你说名字是假的。这当然也不会有什么用处。你不是说你曾给他送过钱吗？”

“送过两次。”

“怎么送给他的？”

“把钞票寄到坎伯威尔邮局。”

“你没有设法去看看是谁取走的？”

“没有。”

麦克唐纳警长显出吃惊的样子，而且有些诧异地说：“为什么没有呢？”

“因为我一向守信用。他第一次写信给我时，我曾经答应不去追查他的行踪。”

“你认为他背后有个什么人吗？”

“我当然知道。”

“就是我曾经听你提到过的那位教授吗？”

“没错儿！”

麦克唐纳警长微微一笑，向我瞥了一眼，眼皮连连眨动着：“不瞒你说，福尔摩斯先生，我们刑事调查局都认为你对这位教授有一点儿偏见。关于这件事，我曾经亲自调查过。他看起来是一个非常可敬的、有学问的、有才能的人啊！”

“我很高兴你们竟然赏识起这位天才来了。”

“老兄，人们不能不佩服他啊！听了你的看法以后，我就决心去见见他。我和他就日食的问题闲谈了一阵儿。我想不起来怎么会谈到这上面去的，不过他那时拿出一个反光灯和一个地球仪来，一下子就把原理说得明明白白了。他借给我一本书，不怕你笑话，尽管我在阿伯丁受过很好的教育，我还是有些看不懂。他面容瘦削，头发灰白，说话时神态严肃，完全可以当一个极好的牧师呢。分别时，他把手放在我肩上，就像是在你走上冷酷凶残的社会之前，父亲在为你祝福。”

福尔摩斯咯咯地笑着，一边搓着手，一边说道：“好极了！好极了！麦克唐纳，老朋友，请你告诉我，这次兴致盎然、感人肺腑的会见，我想大概是在教授的书房里进行的吧。”

“是这样。”

“一个很精致的房间，不是吗？”

“非常精致，确实相当华丽，福尔摩斯先生。”

“你坐在他写字台对面？”

“是的。”

“太阳照着你的眼睛，而他的脸则在暗处，对吗？”

“嗯，那是在晚上，但我记得当时灯光照在我的脸上。”

“这是当然的了。你可曾注意到教授座位上方的墙上挂着一幅画？”

“我不会漏过什么的，福尔摩斯先生。也许这是我从你那里学来的本领。不错，我看到那幅画了，是一个年轻的女子，两手托着头，斜睨着人。”

“那是让·巴普蒂斯特·格罗兹的油画。”

麦克唐纳警长尽力显得很感兴趣。

“让·巴普蒂斯特·格罗兹，”福尔摩斯两手指尖抵着指尖，仰靠在椅背上，继续说道，“他是一位法国画家，在一七五〇年到一八〇〇年这五十年间曾显赫一时。当然，我指的是他的绘画生涯。和格罗兹同时代的人对他评价很高，现时的评价，比那时还要高。”

麦克唐纳警长双眼显出茫然不解的样子，说道：“我们最好还是……”

“我们正是在谈这件事情啊，”福尔摩斯打断他的话说，“我所说的这一切都与你所称之为‘伯尔斯通之谜’的案件有着非常直接

书房里的莫里亚蒂教授

和极为重要的关系。事实上，在某种意义上，这可以说正是这一案件的中心呢。”

麦克唐纳用求助的目光看着我，勉强笑着说：“对我来讲，你的思路转动得有点儿太快了，福尔摩斯先生。你是只省略了一两个环节，可我就摸不着头脑了。到底这个已死的画家和伯尔斯通事件有什么关系呢？”

“一切对于侦探来说都是有用的，”福尔摩斯指出，“一八六五年时，格罗兹一幅题名为《牧羊少女》的画在波梯利斯拍卖时，卖到一百二十万法郎——论英镑也在四万以上——即使这样一件琐细的小事儿，也可以让人无限深思呢。”

显然，这确实引起麦克唐纳警长的深思，他于是认认真真地听着。

“我可以提醒你，”福尔摩斯继续说下去，“从几本可靠的参考书中可以判断出来，教授的薪金是每年七百英镑。”

“那他怎能买得起……”

“没错儿！他怎么能买得起呢？”

“啊，这确实值得注意，”麦克唐纳警长深思道，“请你继续讲下去，福尔摩斯先生，我爱听极了，简直太妙了！”

福尔摩斯笑了笑。他受到人家真诚的钦佩时总是感到温暖，这可以说是一个真正的艺术家的性格。他这时问道：“到伯尔斯通去的事怎么样了呢？”

“我们还有时间，”麦克唐纳警长看了一下表说，“我有一辆马车等在门口，用不了二十分钟就可以到维多利亚车站。可是讲起这幅画来，福尔摩斯先生，我记得你有一次曾经对我说过，你从来没有见到过莫里亚蒂教授啊！”

“对，我从来没有见过他。”

“那你怎么知道他房间里的情形呢？”

“啊，这可是另外一回事儿了。我到他房中去过三次，有两次用不同的借口等候他，在他回来之前，就离开了。还有一次，啊，我可不便对一个警长讲了。最后那一次，我擅自把他的文件匆匆检查了一下，获得了完全意外的结果。”

“你发现了什么可疑的东西吗?”

“一点儿也没有。这正是让我感到惊奇的地方。不管怎样，你现在已经看到这幅画所具有的意义了。它说明莫里亚蒂是一个极为富有的人。他是怎么搞到这些财富的呢？他还没有结婚。他的弟弟是英格兰西部一个车站的站长。他的教授职位年薪是七百英镑，而他竟拥有一张格罗兹的油画。”

“嗯?”

“这样一推论，自然就明白了。”

“你的意思是说他有巨额的收入，而这个收入是通过非法的手段得来的?”

“没错儿，当然我这样想还有别的理由——许多蛛丝马迹，隐隐约约地通向蛛网的中心，而这只毒虫却一动也不动地在那里潜伏着。我仅仅提到一个格罗兹，因为你已经亲眼见到了。”

“对，福尔摩斯先生，我承认刚才你所讲的那些话非常有意思，不只是非常有意思，简直是奇妙极了。不过，如果你能把它讲得再清楚一些就更好了。究竟他的钱是从哪儿来的？伪造钞票，私铸硬币，还是盗窃来的?”

“你看过关于乔纳森·怀尔德的故事吗?”

“啊，这个名字听起来倒是很熟悉。他是一本小说里的人物吧！是不是？我对小说里的侦探们向来不感兴趣。这些家伙做什么事总是不让人家知道他们是怎样做的。那只不过是灵机一动的事，算不上办案。”

“乔纳森·怀尔德不是侦探，也不是小说里的人物，他是一个罪魁，生在上个世纪——一七五〇年前后。”

“那么，他对我就没有什么用处了，我是一个讲究实际的人。”

“麦克先生，你一生最实际的事，就是应该闭门读书三个月，每天读十二个小时犯罪史。任何事物都是循环往复的，甚至莫里亚蒂教授也是如此。乔纳森·怀尔德是伦敦罪犯们的幕后推动力，他靠他那诡谲的头脑和他的组织势力从伦敦罪犯那里收取百分之十五的佣金。旧时代的车轮在旋转，同一根轮辐还会转回来的。过去所发生的一切，将来还是会再次上演的。我要告诉你一两件关于莫里亚蒂的事，你会感兴趣的。”

“你讲的一定会使我非常感兴趣。”

“我偶然发现莫里亚蒂锁链中的第一个环节——锁链的一端是这位罪大恶极的人物，另一端则有上百个出手伤人的打手、扒手、诈骗犯和靠要弄花招儿骗钱的赌棍，中间夹杂着五花八门的罪行。给他们出谋划策的是塞巴斯蒂安·莫兰上校，而国法对这位‘参谋长’和对莫里亚蒂本人一样无能为力。你知道莫里亚蒂教授给他多少钱吗?”

“我很愿意听一听。”

“一年六千英镑。这是他绞尽脑汁的代价。你知道这是美国的商业原则。我了解到这个细节，完全出于偶然。这比一个首相的收入还要多。从这一点就可以想象莫里亚蒂的收入究竟有多少，以及他所从事的活动规模有多大了。另外一点：最近我有意搜集了莫里亚蒂的一些支票——只不过是一些他支付家庭花销的无嫌疑的普通支票。这些支票是从六家不同的银行支取的。你对此有什么看法呢?”

“当然，非常奇怪！可是你想从这点得出什么结论呢?”

“他不愿让人议论他的财富。谁也别想知道他到底有多少钱。我深信他开了足有二十个银行账户。他的大部分财产很可能存在国外德意志银行或者是里昂信贷银行。如果你能有一两年的空闲时间，你可以把莫里亚蒂教授好好研究一下。”

这番谈话给麦克唐纳留下了很深的印象，他颇感兴趣地听得出了神。现在他那种讲究实际的苏格兰人性格又使他马上转回到当前的案子上来。

“不管怎样，他当然可以存在任何一家银行的。”麦克唐纳说，“你讲这些饶有兴味的逸闻旧史，引得我都离了题，福尔摩斯先生。真正重要的是你所说的：那位教授和这件罪案是有牵连的，就是你从波尔洛克这个人那里收到的警告信上所说的那点。我们能不能为了当前的实际需要再前进一步呢?”

“我们不妨推测一下犯罪动机。根据你原来所讲的情况来推测，这是一宗莫名其妙的、至少是一起难于解释的凶杀案。现在，假定犯罪的起因正像我们所怀疑的那样，则可能有两种不同的动机。首先，我可以告诉你，莫里亚蒂用一种铁的手腕来统治他的党羽，他的纪律非常严。在他的法典里，只有一种惩戒形式，那就是处死。现在我们可以假定这个被害人道格拉斯以某种方式背叛过他的首领，而他那即将临头的厄运却被这个首领的某个部下知道了。继之而来的就是对他的惩戒，而且这个惩戒会被所有的人知道——其目的不过是要使部下都能感到死亡的恐怖。”

“好！这是一种看法。福尔摩斯先生。”

“另一种看法，就是惨案的发生是按照那种营生的常规做法由莫里亚蒂策划的了。那里遭到抢劫没有？”

“这个我没有听说。”

“当然，如果是这样，那么第一种假设可能就不符合实际，而第二种假设就比较接近实际了。莫里亚蒂可能是在分得部分赃物的应许下参加策划的，不然就是别人给他很多钱叫他主持这一罪恶勾当。两种假设都有可能。但是，不管是第一种可能还是第二种可能，或者还有什么第三种综合性的可能，我们也必须到伯尔斯通去寻找答案。我对咱们这个对象可太了解了，他绝不会在这里留下任何线索，让咱们跟踪追击到他名下。”

“那么，我们非得到伯尔斯通去不可了！”麦克唐纳从椅子上站起来，大声说道，“哎呀！比我想的要晚多了。先生们，我只能给你们五分钟准备时间，就这样吧。”

“对我们俩来说，这就足够了。”福尔摩斯站起来，急忙脱下睡衣，换上外套说道，“麦克先生，等会儿在路上，请你把一切情况详细地告诉我。”

“一切情况”少得令人失望，但是它足以使我们确信，我们面前的这个案子是非常值得这位专家密切注意的。当福尔摩斯倾听那少得可怜却值得注意的细节时，他面露喜色，不住地搓弄着瘦削的双手。漫长而又百无聊赖的几个星期总算是过去了，眼下终于有了一个适合的案件来发挥他那些非凡的才能了。这种非凡的才能，正像一切特殊的禀赋一样，当它毫无用武之地的时候，就会使它们的主人感到厌倦，敏锐的头脑也会由于无所事事而变得迟钝生锈的。

福尔摩斯遇到了需要他来解决的案子。现在，他的双眼炯炯有神，苍白的双颊微现红晕，面庞也因内心对于破案的渴求而显得神采奕奕。他坐在车上，上身前倾，聚精会神地倾听麦克唐纳讲述这个案子的简要情况。这个案子正等待着我们到萨塞克斯去解决呢。他向我们解释说，他是根据一份草草写成的报告讲的，这份报告是清晨通过送牛奶的火车带给他的。当地警官怀特·梅森是他的好朋友，在别处的人需要他们帮忙的时候，麦克唐纳总是比苏格兰场收到通知要快得多。这是一桩无从下手的案子，这样的案子一般需要由大城市的专家去解决。

亲爱的麦克唐纳警长（他念给我们的信上这样说）：

这封信是写给你个人的，另有公文送到苏格兰场。请发电报通知我你坐早晨哪一班车到伯尔斯通来，以便我去迎候。如果我不能脱身，也将派人去迎接。这个案件非比寻常。请你火速前来，不要耽误一点儿时间。如果你能和福尔摩斯先生一起来，务请同行。他会发现一些完全合他心意的事。如果不是其中有一个人死了，我们就会以为全部案子是戏剧性地解决了呢。噢，这真是个不寻常的案子啊！

“你的朋友似乎并不愚蠢。”福尔摩斯说道。

“对，先生，如果让我评价的话，怀特·梅森是一个精力非常充沛的人。”

“好，你还有什么其他的信息吗？”

“稍后见面时，他会把详情告诉我们的。”

“那么，你是怎么知道道格拉斯先生和他惨遭杀害的情况的？”

“那是随信附来的正式报告上说的。报告上没有用那‘惨遭’

二字，这不是一个公认的正式术语，只是说死者叫约翰·道格拉斯，提到他伤在头部，是被火枪射中的；还提到案发的时间是昨晚接近午夜的时候；还说这个案件无疑是一桩谋杀案，不过还没有对任何人实行拘捕。这起案件具有非常复杂和分外离奇的特点。福尔摩斯先生，这就是当前我们所知道的全部情况。”

“那么，麦克先生，如果你同意，我们就谈到这里。根据一些尚未充足的信息过早地作出判断，这对我们的工作是极为有害的。当前我只能肯定两件事——伦敦的一个大智囊和萨塞克斯的死者。我们所要查清的正是这两者之间的联系。”

三　伯尔斯通的悲剧

现在我把无关紧要的人物暂时放在一边，先描述一下在我们到达案发地点以前所发生的事情，这是我们后来才知道的。只有这样，我才能使读者了解有关人物以及决定他们命运的奇特背景。

伯尔斯通是一个小村落，在萨塞克斯郡北部边缘地区。这里有一片古老的半砖半木的房屋，几百年来一成不变，但近年来由于风景优美、位置优越，有些富户移居此地，他们的别墅在四周丛林中隐约可见。当地人认为这些丛林是威尔德大森林的边缘，大森林伸展到北部白垩丘陵地，变得越来越稀疏了。由于人口日益增长，一些小商店也就应需开设起来。因此，似乎可以预见，伯尔斯通很快会从一个古老的小村落发展成一个现代化的城镇。伯尔斯通是这一大片农村地区的中心，因为离这里十或十二英里远，向东延伸到肯特郡的边区，有一个离这里最近的重要城镇坦布里奇韦尔斯。

离村镇半英里左右，有一座古老园林，以其高大的山毛榉树而闻名，这就是古老的伯尔斯通庄园。这个历史悠久的建筑物的一部分兴建于第一次十字军东征时代，当时休戈·戴·坎普司在英王赐给他的这个庄园中心建立起一座小型城堡。这座城堡在一五四三年毁于火灾。直到詹姆斯一世时代，一座砖瓦房又在这座封建城堡的废墟上修建起来，原来那座城堡四角所用的已被熏黑了的基石，也被利用上了。

庄园的建筑有许多山墙和菱形小格玻璃窗，仍像十七世纪初它的建造者所遗留下来的那种样子。原来用于护卫其富于尚武精神的先辈的两道护城河，外河已经干涸，被辟作菜园。那道内河依然存在，虽然现在只剩下几英尺深了，但宽度却还有四十英尺，环绕着整个庄园。有一条小河流经这里，蜿蜒不绝，因此，水流尽管浑浊，却从不像壕沟死水那样不卫生。庄园大楼底层的窗户离水面不到一英尺。

进入庄园必须通过一座吊桥。吊桥的铁链和绞盘早已生锈、毁坏。然而，这座庄园的新住户精力出奇地充沛，竟把它修复起来，让这座吊桥不但可以吊起，而且实际上每天晚上都会吊起来，早晨再放下去。这样就恢复了旧日封建时代的习俗，一到晚上，庄园就变成了一座孤岛——这一情况和即将轰动整个英国的这一案件有着直接的关系。

这所房子已经多年没有人住了。道格拉斯买下它的时候，就已经荒废坍塌，几成废墟了。这个家庭只有两口人，就是约翰·道格拉斯和他的夫人。从性格和人品方面来说，道格拉斯是一个非凡的人。他年约五十，大下巴，面容粗犷，蓄着灰白的小胡子，一双灰眼睛特别敏锐，加之瘦长而结实的体形，其健壮机敏丝毫不减当年。他待人接物总是那样喜气洋洋、和蔼可亲。但是在他的举止中，有点儿不拘礼仪，使人产生一种印象，觉得似乎他曾体验过远远低于萨塞克斯郡社会阶层的生活。

尽管那些颇有教养的邻居们曾以好奇而谨慎的眼光看待他，但是由于他慷慨大方地捐款给当地一切福利事业，参加他们的烟火音乐会和其他盛大集会，再加上他有着受人欢迎的男高音的圆润歌喉，并常常愿意满足大家的要求给人们唱上一支优美的歌曲，道格拉斯很快便在村民中大得人心。他看起来很有钱，据说是从加利福尼亚州的金矿里赚来的。从他本人和他夫人的谈话中，人们清楚地得知，道格拉斯曾在美国生活过一段时间。

由于道格拉斯慷慨大方、平易近人，人们对他的印象格外好，而他那临危不惧、履险如夷的精神更是大大地提高了他的声望。尽管他是一个不很高明的骑手，每次狩猎集会他都应邀参加。更令人吃惊的是，他会下场与别人较量，并凭着他的决心，不仅坚持下来，而且一点儿也不比别人差。有一次教区牧师的住宅起火，即使在当地的消防队宣告无法扑救之后，他仍无所畏惧地冲进火窟，抢救财物，从而崭露头角。因此，约翰·道格拉斯虽然来到此地不过五年，却已誉满伯尔斯通了。

他的夫人也颇受相识者的爱戴。按照英国人的习惯，一个迁来本地的异乡人，如果未经介绍，拜访他的人是不会很多的。这对她来说，倒也无关紧要。因为她性格腼腆，而且，显然她专心致力于照顾丈夫、料理家务。相传她是一个英国女子，在伦敦认识了道格拉斯先生，那时道格拉斯正在鳏居。她是一个美丽的女人，高挑的身材，肤色较深，体态苗条，比她丈夫要年轻二十岁左右，但年龄的差距似乎并未影响他们美满的家庭生活。

然而，那些深知内情的人说，他们的相互信任并不是无懈可击的，因为道格拉斯夫人对她丈夫过去的生活与其说是不愿多谈，还不如说是不完全了解。少数观察敏锐的人曾注意到并议论过：道格拉斯太太有时有些神经紧张的表现，每逢她丈夫回来得过迟的时候，她就会显得极度不安。僻静的乡村总喜欢传播流言蜚语，庄园主夫人这一弱点当然也不会被人们默默地放过。而事件发生后，这件事在人们的记忆中就会变得更加重要，因此也就具有特殊的意义。

同住在庄园的还有一个人。不过说实在的，他只是有时在这里住一下，但因为这件奇案发生时，他也在场，所以在人们的议论中，他的名字就特别突出了。这个人叫塞西尔·詹姆斯·巴克，住在伦敦汉普斯特德街区黑尔斯公寓。

塞西尔·巴克身材高大灵活，伯尔斯通村的人都认识他，因为他经常出入庄园，是一个在庄园里颇受欢迎的客人。对道格拉斯过去的生活，人们都不甚了解，塞西尔·巴克是唯一了解他这段往事的人。巴克本人无疑是个英国人，但是据他自己说，他起初与道格拉斯相识是在美洲，而且在那里两个人关系很密切，这一点是很清楚的。巴克似乎很富有，而且众所周知是个光棍汉。

从年龄上讲，他比道格拉斯年轻得多——最多四十五岁，身材高大笔直，膀大腰圆，眉毛浓黑，一双黑眼睛目光逼人，脸刮得精光，像一个职业拳击家，甚至用不着他那本领高强的双手的帮助，就能从敌阵中清出一条路来。他既不喜欢骑马，也不喜欢狩猎，却喜欢叼着烟斗，在这个古老的村子里转来转去，不然就与庄园主人一起，主人不在时就与女主人一起，在景色优美的乡村中驾车出游，借以消遣。

“他是一个性情随和、慷慨大方的绅士，”管家埃姆斯说，“不过，咳！我可不敢和他顶牛！”巴克与道格拉斯非常亲密，与道格拉斯夫人也一样友爱，可是这种友谊似乎不止一次地引起那位丈夫的不满，甚至连仆人们也察觉出道格拉斯的烦恼。这就是祸事发生时，这个家庭中的第三个人物。

至于住在庄园里的其他人，只要提一提埃姆斯和艾伦太太就够了。大管家埃姆斯是个拘谨、古板、正派而又能干的人，而艾伦太太则是个健美而快乐的人，她分担了女主人的一些家务管理工作。庄园中其余六个仆人就和一月六日晚上的事件毫无关系了。

夜里十一点四十五分，第一次报警就传到当地这个小小的警察局了。这个警察局由来自萨塞克斯保安队的威尔逊警官主管。塞西尔·巴克非常激动地向警察局的门冲过去，拼命地敲起警钟。他上气不接下气地报告：庄园里出了惨案，约翰·道格拉斯被人杀害了。之后，他匆匆地赶回庄园。过了几分钟，威尔逊警官也随后赶到了，他是在向郡当局紧急报告发生了严重事件以后，于十二点多一点儿赶到犯罪现场的。

威尔逊警官到达庄园时，发现吊桥已经放下，楼窗灯火通明，道格拉斯全家处于非常混乱和惊慌失措的状态。面色苍白的仆人们彼此紧挨着站在大厅里，惊恐万状的管家搓着双手，站在门口，只有塞西尔·巴克看起来还比较镇静。他打开离入口最近的门，招呼威尔逊警官跟他进来。这时，本村活跃而有本领的开业医生伍德也到了。三个人一起走进这间不幸的房屋，惊慌失措的管家也紧跟着走了进来，随手把门关上，不让那些女仆们看到这恐怖的景象。

死者四肢摊开，仰卧在屋子中央，身上只裹着一件桃红色的睡袍，里面穿着睡衣，赤脚穿着毡拖鞋。医生跪在他旁边，把桌上的油灯拿了下来。只看受害者一眼，医生便已明白，毫无救活的可能了。受害者伤势惨重，胸前横着一件奇怪的武器——一支火枪，火枪枪管从扳机往前一英尺的地方被锯断了。两个扳机用铁丝缚在一起，为的是同时发射，以构成更大的杀伤力。显然，射击距离非常近，而且全部火药都射到脸上，死者的头几乎被炸得粉碎。

如此重大的责任突然降到威尔逊这位乡村警官的身上，这让他困惑不安，没有勇气承担。“在长官没来之前，我们什么也不要动。”他惊慌失措地凝视着那可怕的头颅，低声说道。

“到现在为止，什么也没有动过，”塞西尔·巴克说道，“我保证，你们所看到的一切完全和我发现时一模一样。”

“这事发生在什么时间?”威尔逊警官掏出笔记本来。

“当时正是十一点半。我还没有脱衣服。听到枪声时，我正坐在卧室壁炉旁取暖。枪声并不很响，好像被什么捂住了似的。我奔

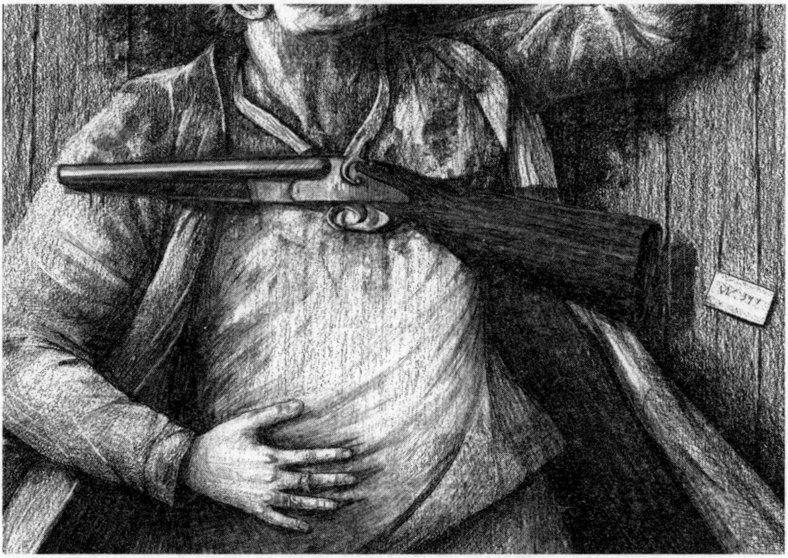

道格拉斯被一把锯短的火枪击杀

下楼，跑到那间屋子，这中间也不过半分钟的工夫。”

“那时门是开着的吗?”

“是的，门是开着的。可怜的道格拉斯倒在地上，和你现在看到的一样。他卧室里的蜡烛仍然在桌上点着。灯是我几分钟之后才点上的。”

“你一个人也没看见吗?”

“没有。我听见道格拉斯太太随后也走下楼来，我连忙跑过去把她拦住，不让她看见这可怕的景象。女管家艾伦太太也来了，马上扶着她走开了。埃姆斯过来后，我们再次回到那间屋里。”

“可是，我肯定听说过吊桥整夜都是吊起来的。”

“是的，在我把它放下来以前，吊桥是吊起来的。”

“那么凶手怎么能逃走呢?这是不可能的！道格拉斯先生一定是自杀的。”

“我们最初也是这样想的，不过你看!”巴克把窗帘拉到一旁，可以看到玻璃长窗已经完全打开。“你再看看这个!”他把灯拿低些，照着木窗台上的血迹，像是一只长筒靴底的印痕，“有人逃出去的时候曾在这里站过。”

“你的意思是，有人蹚水从护城河逃出去的?”

“不错!”

“那么，如果你在罪案发生后不到半分钟就赶到了屋里，罪犯当时必然还在水里。”

“我毫不怀疑这点。那时我要是跑到窗前就好了！可是正像你看到的那样，窗帘遮住了窗户，所以我没有想到这点。后来我听到道格拉斯太太的脚步声，我想着不能让她走进这间屋子。那情形太可怕了。”

“确实很恐怖!”伍德医生看着炸碎的头颅和它四周的可怕血印说，“自从伯尔斯通火车撞车事件以后，我还没见过这样可怕的重伤呢。”

“不过，我看，”威尔逊警官说道，他那迟缓的、被那乡巴佬的常识局限住的思路仍然停留在被打开的窗户上面，“你说有一个人蹚水从护城河逃走，这完全可以理解。但我想问你，既然吊桥已经吊起来，他又是怎么进来的呢?”

“问题就在这里啊!”巴克说道。

“吊桥是几点吊起来的呢?”

“将近六点的时候。”管家埃姆斯说。

“我听说，”威尔逊警官说道，“吊桥通常是在日落的时候吊起来。那么在一年中的这个季节，日落应该是在四点半左右，而不会是六点钟。”

“道格拉斯太太请客人们吃茶点，”埃姆斯说道，“客人不走我是不能吊起吊桥的。后来，桥是我亲手吊起来的。”

“这样说来，”威尔逊警官说道，“如果有人从外面进来——假定是这样——那他们就必须在六点以前通过吊桥进来，然后一直藏到十一点钟以后，直到道格拉斯先生走进屋里。”

“正是这样！道格拉斯先生每天晚上都要在庄园四周巡视一番。他上床睡觉以前最后一件事是查看烛火是否正常。这样他就来到这里，那个人正在等着他，就向他开枪了，然后丢下火枪，越窗逃跑了。我认为就是这样；除此以外，没有其他解释能与眼前的事实相符。”

威尔逊警官从死者身旁的地板上拾起一张卡片，上面用钢笔潦草地写着两个大写字母“V. V.”，下面是数目字“341”。

“这是什么?”威尔逊警官举起卡片问道。

巴克好奇地看着卡片。

“我之前从没注意到这个，”巴克说道，“这一定是凶手留下的。”

“V. V. ——341。我弄不明白这是什么意思。”

威尔逊警官的大手把卡片来回翻着说道：“V. V.？这大概是人名的开头大写字母。伍德医生，你找到了什么?”

壁炉前方的地毯上放着一把大号铁锤——一把坚固而精致的铁锤。

塞西尔·巴克指了指壁炉台上的铜头钉盒子说道：“昨天道格拉斯先生换油画来着，我亲眼看见他站在椅子上把这张大画挂在上面。铁锤就是这么来的。”

“我们最好还是把铁锤放回它被发现的地方吧。”威尔逊警官茫然不解，用手搔着头说道，“只有头脑极为灵敏的警探才能弄清楚这件事情的真相。还是请伦敦警探来处理这个案子吧。”他举起灯，环屋慢慢地走着。

“喂!”威尔逊警官兴奋地把窗帘拉到一旁，大声说道，“窗帘是几点拉上的呢?”

“点起灯的时候，”管家回答道，“四点钟刚过没多久。”

“完全可以肯定，有人曾躲在这里。”威尔逊警官又把灯拿低了。在墙角那里，长筒靴子泥污的痕迹清晰可见。

“我敢肯定，巴克先生，这就完全证实了你的推测。看来，凶手是在四点钟窗帘拉上以后，六点钟吊桥吊起来之前溜进屋里来的。他溜进了这间屋子，因为这是他最先看到的一间。他没有别的地方可以藏身，所以就躲到这个窗帘后面。这一切看来非常明显。看样子，他主要是想盗窃室内的财物。可是道格拉斯先生正巧碰上了他，所以他就下了毒手，然后溜之大吉了。”

“我也是这样想的，”巴克说道，“不过，我说，我们是不是在白白浪费宝贵的时间呢？我们为何不趁凶手还没走远，把这个村镇搜查一番呢?”

威尔逊警官想了一想，说道：“早晨六点以前没有火车，所以他不可能乘火车逃走。假如他两腿水淋淋地在大路上步行，大约人们会注意上他的。在没有人来和我换班以前，我无论如何也不能离开这儿。但我认为你们在案子水落石出以前，也是不便走开的。”

伍德医生拿起灯，仔细地检查尸体。

“这是什么记号?”他问道，“这会不会和案情有什么关系呢?”

死尸的右臂露在睡袍外面，直露到臂肘。大约在前臂中间的地方，有一个奇特的褐色标记——一个圆圈，里面有一个三角形，每一条痕迹都是凸起的——在灰白的皮肤上显得异常醒目。

“这不是文身，”伍德医生的目光透过眼镜紧盯着标记说道，“我从来没见过像这样的标记。这个人曾经给烙过烙印呢，就像牲口身上的烙印一样。这有什么含义呢?”

“我不知道这是什么意思，不过近十年间我曾多次看到他臂上的这个标记。”塞西尔·巴克说道。

“我也看到过，”管家说道，“有很多次主人挽起衣袖的时候，我都看到过那个标记。我一直不明白那究竟是怎么回事儿。”

“那么，这和案情没有什么关系了，”威尔逊警官说道，“但这是一件怪事。牵涉到这一案子的每桩事都这么怪。喂，这到底是怎么回事儿?”

管家指着死者伸出的手，惊呼起来：“他们把他的结婚戒指拿走了!”他气喘吁吁地说。

“什么?!”

“不错，真是这样！主人左手小指上总戴着纯金的结婚戒指，再上面戴着带有天然块金的戒指，中指上戴着盘蛇形戒指。现在天然块金戒指和盘蛇形戒指都还在，唯独结婚戒指没有了。”

“他说的不错。”巴克说道。

“你是说那枚结婚戒指戴在另一枚戒指下面吗?”威尔逊警官问道。

“一直如此!”

“那么这个凶手，或者不管他是谁吧，首先要把你说的那个天然块金戒指取下来，再取下结婚戒指，然后再把块金戒指套回去。”

“是这样。”

这位可敬的乡村警官摇了摇头，说道：“依我看，我们最好把这个案子交给伦敦方面去办吧，愈快愈好。怀特·梅森是一个精明人。当地案件没有怀特·梅森应付不了的。过不了多久他就要到这里来帮我们了。不过我想，我们最好还是指望伦敦把事情办到底吧。不管怎么说，不怕说出来让人笑话，像我这样的人，办这样的案子，实在是力所不及呢!”

四　黑暗

凌晨三点钟，在接到伯尔斯通警官威尔逊的急电后，萨塞克斯的探长怀特·梅森先生便乘坐一辆轻便单马车从总部赶来，马被累得上气不接下气。他通过清早五点四十分的那趟火车把报告送到了苏格兰场。中午十二点他已在伯尔斯通车站迎候我们了。怀特·梅森先生性情文静、面容安详，穿着一件宽大的花呢外套，红润的脸庞刮得精光，身材微胖，两条微向里弯的腿刚劲有力，穿着带襻扣的长筒靴子，越发显得精神，看起来像个矮小的庄稼汉，或是个退休的猎场看守人，或者说他像个世上的什么人都行，但就是不像地方警局典型的刑事警官。

“麦克唐纳先生，这真是一件极不寻常的案子。”怀特·梅森反反复复地说，“报界的人听到这件事就会像苍蝇一样赶来的。我希望在他们来插手这件案子并把事情弄糟之前，就把我们的工作做完。在我的记忆中，还没有遇到过像这样的案子呢。福尔摩斯先生，有某些情况会使你感兴趣的，要不然就是我弄错了。华生医生，还有你，因为在我们结束工作之前，医生总是要发表一些意见的。你们的住房在韦斯特维尔阿姆斯旅店，再找不到其他地方了，不过我听说房子倒还不错，也挺干净的。仆人会把你们的行李送去的。先生们，请随我来，好吗？”

这位萨塞克斯的侦探是一个非常活跃而又和蔼的人。走了十分钟，我们就到了住所。十分钟以后，我们就坐在这家小旅店的休息室里，议论起这件案子的概况了。这些我在上一章已经叙述过了。麦克唐纳有时做些记录，福尔摩斯坐在那里，带着吃惊和衷心钦佩的样子专心倾听着，就像植物学家在鉴赏珍奇的花朵一样。

“奇怪！”在听了案情介绍以后，福尔摩斯说，“奇怪极了！我想不起来以前有什么比这更奇怪的案子了。”

“福尔摩斯先生，我早想到你会这样说的，”怀特·梅森非常高兴地说，“我们到萨塞克斯算是赶上时候了。到今早三四点之间我从威尔逊警官手里接过这桩案子为止的全部情况我都告诉你了。我是拼着老命赶来的呀！哎！结果证明，我是用不着这么紧赶慢赶的，因为这里没有我能马上做的事。威尔逊警官已经掌握了全部情况。我查对了一下，也仔细研究了一番，多少加了几点我自己的看法。”

“你的看法是什么呢？”福尔摩斯急切地问道。

“嗯，我首先把铁锤仔细检查了一下。伍德医生也在一旁帮忙。铁锤上没有找到施用暴力的痕迹。我原来想，或许道格拉斯先生曾用这把锤子自卫过，这样他就有可能在锤子上面留下印痕，可是锤子上一点儿痕迹也没有。”

“当然，这压根儿证明不了什么问题，”麦克唐纳警长说道，“因为有许多使用铁锤的凶杀案，铁锤上也并没有留下痕迹啊！”

“确实如此。但这并不一定能证明没有用过它。不过要是果真留下一些痕迹，那对我们就有用了，事实上却没有。后来我又检查了一下枪支。这是大号铅弹火枪。正像威尔逊警官所指出的那样，两个扳机被缚在了一起，所以只要你扣动后面一个扳机，两个枪筒就会同时发射。不管是谁做的这样的处理，他肯定是下了决心要置他的敌人于死地。这支截短的枪最多不过两英尺长，一个人能轻而易举地把它藏在大衣里。虽然枪上没有制造者的全名，可是两支枪管间的凹槽上刻有‘PEN’三个字母，但名字的其他字母都被锯掉了。”

“那上面是一个花体的大写字母‘P’，而‘E’和‘N’两个字母则较小，是吗？”福尔摩斯问道。

“没错儿。”

“这是宾夕法尼亚小型武器制造公司①，是美国的一家有名的工厂。”福尔摩斯说。

怀特·梅森紧盯着我的朋友，就好像一个小小的农村开业医生望着哈利街的专家一样，这个专家一句话就可以解开使他感到困惑不解的所有疑难问题。

“福尔摩斯先生，这一点非常有用！你说得一点儿也不错。太奇妙了！难道你把世界上所有军火制造厂的名字都记住了吗？”

福尔摩斯挥挥手，岔开了这个话题。

“这支枪无疑是一支美洲火枪，”怀特·梅森继续说道，“我似乎在书上看到过记载，截短的火枪是在美洲某些地区使用的一种武器。撇开枪管上的名字不谈，我想到一个问题，即有些迹象表明，进到屋里并杀死主人的是一个美国人。”

麦克唐纳摇了摇头说道：“老兄，你实在想得太远了。我还根本没有听到过什么证据，证明这所庄园里有外人进来过呢！”

“这大开的窗户、窗台上的血迹、奇怪的名片、墙角上的长筒靴印以及这支火枪又怎么说呢？”

“那里的一切没有什么不可以伪造的。道格拉斯先生是个美国人，或者说曾长期住在美国。巴克先生也是如此。你没有必要从外边弄个美国人来为你所见到的一些美国人的作为寻求解答。”

“那个管家埃姆斯……”

“他怎么样？可靠吗？”

“他在查尔斯·钱多斯爵士那里待过十年，非常可靠。五年前道格拉斯买下这座庄园时，他就到这里来了。他在庄园里从来没见过一支这样的枪。”

“这支枪已经被改造得便于隐藏了。枪管就是为此而截短的，任何箱子都装得进，他怎么能发誓说庄园中没有这样的枪呢？”

“啊，不管怎么说，他确实从来没有见到过啊！”

---

① 宾夕法尼亚是美国州名，此系军火工厂名，前三个字母为“PEN”。——译者注

麦克唐纳摇了摇他那天生固执的苏格兰人的脑袋。

“我还是不能相信有什么外人到房子里来过。我请你考虑考虑，”每当麦克唐纳辩论输了的时候，他的阿伯丁口音就变得更重了，“假设这支枪是从外面带进来的，并且所有这些怪事是一个外来人干的。我请你考虑一下，你这样的假设会产生什么样的影响。啊，老兄，这简直不可思议！这也完全不合乎一般常识啊！福尔摩斯先生，我向你提出这个问题来。请根据我们所听到的一切判断一下吧。”

“好，麦克先生，讲讲你的理由吧。”福尔摩斯以一种很官方的口吻说。

“假定凶手存在的话，他绝不会是一个盗窃犯，那枚戒指和那张卡片都说明这是出于某种私怨且有预谋的凶杀案。好，再假定有一个人溜进屋中，蓄意谋杀。他知道，假如他还懂得点儿事理的话，他要逃跑是很困难的，因为房子周围全是水。那么，他要选择什么样的武器呢？你一定会说他要的是世界上声音最小的武器。这样他才能指望事成以后，能够很快越过窗户，穿过护城河，从容不迫地逃跑。这是完全可以理解的。可是他竟然带着他能选择的发声最大的武器，明知枪声一响，全庄园的人很快就能跑到出事地点，而且在他过护城河以前，人们很可能就会发现他，这可以理解吗？福尔摩斯先生，这可信吗？”

“好，你的理由很充分，”福尔摩斯若有所思地回答道，“确实需要有大量的理由来证明。怀特·梅森先生，请问，你当时是否立刻到护城河对岸去查过有没有人从水中上岸的痕迹？”

“福尔摩斯先生，那里没有痕迹。不过对面是石岸，很难设想能找到什么痕迹。”

“没有一点儿足迹或手印吗？”

“没有。”

“哈！怀特·梅森先生，你不反对我们立即动身到庄园中去吧？那里可能会有一些小的线索可以给我们一些启示的。”

“福尔摩斯先生，我本想建议去的，可是我想在我们去以前，最好让你先把一切详情了解清楚。我想，如果有什么触犯了你……”怀特·梅森犹豫不决地看着这位同行说。

“我以前和福尔摩斯先生一起办过案子，”麦克唐纳警长说道，“他一向为人光明磊落。”

福尔摩斯微笑着回答：“至少是按照我个人对这一工作的理解，我参加办案是为了伸张正义和帮助警方工作。如果我不与官方合作，那是因为他们首先不与我合作。我从来不想去和他们争功。同时，怀特·梅森先生，我要求有权利完全按我自己的思路办案，并且在我认为适当的时间交出我的成果——自始至终，而不只是在某些阶段有这种权利。”

“我确信，你参与办案是我们的荣幸。我们一定会把所知道的全部案情都介绍给你。”怀特·梅森热诚地说，“华生医生，请随我来。到时候，我们都希望在你的书里能有一席之地呢！”

我们沿着古雅的乡村街道走去，大街两侧各有一行截梢的榆树。远处是一对古代石柱，已因风吹雨淋而斑驳变色，长满苔藓，石柱顶上的雕像已失去原形，它们过去曾经是伯尔斯通的两只后脚立起的石狮。迂回曲折的车道四周尽是草地和栎树，人们只有在英国农村才能看到这种景色。顺着车道往前走不远便是一个急转弯，然后眼前是一片长长的、低矮的詹姆斯一世时期的古别墅，别墅的砖已成暗褐色的了。还有一个老式的花园，两旁栽着修剪得整整齐齐的紫杉树。我们走到庄园跟前就看到了一座木吊桥和一条幽美宽阔的护城河，河中的水在寒冬的阳光下像水银一样一平如镜，闪闪发光。

这座古老的庄园自建成以来，时光流逝，已有三百多年了，它反映出几百年的人事沧桑、悲欢离合。奇妙的是，由于历史悠久，好像现在从这些古老的墙壁上会显现出犯罪的先兆来。还有那些奇怪的高耸的屋顶以及古怪的突出的山墙，更适于掩护可怖的阴谋。当我看到那些阴沉沉的窗户以及前面一片暗淡的颜色和水流冲刷的景象时，我感到发生这样一件惨案，没有比这里更合适的场合了。

“这就是那扇窗户，”怀特·梅森说道，“吊桥右边的那一扇，正像昨晚发现时那样开着。”

“要想钻过一个人去，这扇窗户可够窄的啊！”

“也许这个人并不胖。我们不需要用你的推论来告诉我们这一点，福尔摩斯先生。不过，你和我完全可以挤过去。”

福尔摩斯走到护城河边，向对面望去，然后他又查验了突出的石岸和它后面草地的边缘。

“福尔摩斯先生，我已经仔细查看过了，”怀特·梅森说道，“这里什么也没有，没有任何能说明有人上岸的痕迹。不过，他为什么一定要留下痕迹呢？”

“对啊，他为什么一定要留下痕迹呢？护城河里的水总是这样浑浊吗？”

“通常是这种颜色。因为河水流下来的时候，总是夹杂着泥沙。”

“河水有多深？”

“两侧大约两英尺，中间有三英尺。”

“那么，我们可以排除那个人在过护城河时会被淹死的这种想法了。”

“是的，就是小孩儿也不会被淹死的。”

我们走过吊桥，一个古怪乖戾而又骨瘦如柴的人把我们迎了进去。这就是管家埃姆斯。可怜的老人受到惊吓，面色苍白，浑身微颤。当地警官威尔逊身材高大，神情庄重。他虽然心情抑郁，但是仍然在屋里守着现场。伍德医生已经离开了。

“威尔逊警官，有什么新情况吗？”怀特·梅森问道。

“没有，先生。”

“那么，你可以回去了。你已经够辛苦的了。假如有需要你的地方，我们再派人去请你。管家最好在门外等着，让他通知塞西尔·巴克先生、道格拉斯太太和女管家，我们现在有些话要问他们。先生们，现在请允许我先把我的看法告诉你们，然后你们将得出自己的看法。”

护城河边的庄园

这位地方警官给我留下的印象很深。他着着实实地掌握着事实，他有冷静、清晰的头脑和丰富的常识。就凭这些，在他的本行事业里，他应该会很有发展的。福尔摩斯专心致志地听着，丝毫没有这位官方解说人经常流露出来的那种不耐烦的样子。

“我们现在的第一个问题就是，这起案子究竟是自杀还是他杀？先生们，对吗？假如说是自杀，那么我们不得不相信，这个人开始先把结婚戒指摘下藏起来，然后穿着睡袍走到这里，在窗帘后面的墙角踩上泥印，以便让人误以为有人曾在这里等候他，接着打开窗户，把血迹弄到……”

“我们绝不会这样想的。”麦克唐纳说道。

“所以我想，这绝不会是自杀，那么必然就是他杀了。我们要考虑的问题是，凶手是外来人呢，还是庄园里面的人？”

“好，让我们听听你的高论。”

“这两种可能要下结论都相当困难，可是两者必居其一。我们先假定是庄园内部的一个或几个人作案。在万籁俱寂、但人们还没就寝的时候，他们在这里抓到了这个道格拉斯，然后用这种世上最古怪而声音最响的武器去作案，以便搞得尽人皆知发生了什么事，而武器又是庄园内从没见过的。这个理由看来不是那么令人信服，对吗？”

“是啊，不会是这样的。”

“好，那么，这里的人都同意，在听到枪声以后，在至多不过一分钟的时间里，庄园里所有的人都到了现场。虽然塞西尔·巴克先生自称是第一个赶到的，但埃姆斯和所有的仆人也都到了。您难道能说，在那段时间，罪犯竟能做出在墙角留脚印、打开窗户、在窗台上留血迹、从死者手指上取下结婚戒指等这么多事吗？这是不可能的！”

“你分析得很透彻，我倒有点儿同意你的见解。”福尔摩斯说道。

“好，那么，我们回过头来说，这是外来的人作案。可是我们仍然面对许多大难题。不过，无论如何，不是那么不可能的了。这个人是在四点半到六点之间进入庄园的，也就是说，是在黄昏和吊桥吊起之间这段时间里。此间庄园曾经来过一些客人，房门是打开的，所以这个人没有遇到什么阻碍，就溜了进来。他可能只是一般的盗窃犯，又或许他和道格拉斯先生有什么私怨。既然道格拉斯先生大半生都住在美洲，而这支猎枪又像是一种美国武器，那么，看来出于私怨是最有可能的了。他溜进了这间屋子，因为他首先看到了它。然后他藏到窗帘后面，一直藏到夜晚十一点以后。这时，道格拉斯先生进到屋里。交谈时间很短——如果真的交谈过的话——因为道格拉斯太太说，她丈夫离开她没有几分钟，她就听到枪声了。”

“那支蜡烛，可以说明这一点。”福尔摩斯说道。

“不错，这支蜡烛是新的，烧了还不到半英寸。道格拉斯先生一定是先把蜡烛放在桌上，然后才遭到袭击的。否则，他一跌倒，蜡烛就会掉在地上的。这说明在他刚走进屋时没有遭到袭击。巴克先生到这里时，把灯点上，把蜡烛熄灭了。”

“这一点很清楚。”

“好，现在我们可以照此来设想一下当时的情形。道格拉斯先生走进屋来，把蜡烛放下。一个人从窗帘后面走出来，手中拿着这支火枪。他向他要这枚结婚戒指——天知道这是为什么，不过一定是这样。道格拉斯先生把戒指给了他。然后道格拉斯先生就被那人残忍地或是在一场搏斗的过程中，以如此可怕的方式开枪打死了。其间，道格拉斯可能拿起过后来我们在地毯上找到的那把铁锤。事后，凶手丢下枪，大概还有这张奇怪的写着‘V. V. 341’的卡片——不管它代表什么意思——然后从这扇窗户逃出去，并在塞西尔·巴克先生发现罪案的时候，蹚过护城河逃跑了。福尔摩斯先生，这么说你看怎么样？”

“你说的非常有趣，可就是有点儿不能令人信服。”

“老兄，这简直是一派胡言，没有比这更不近情理的了。”麦克唐纳大声说道，“有人杀害了道格拉斯，不管这个人是谁，我也可以向你们清楚地证明，他是用其他办法作的案。他让他逃跑的退路被那样切断，那是什么意思啊？寂静无声是他逃跑的一个好条件，那么，他使用火枪作案，又是什么意思啊？喂，福尔摩斯先生，既然你说怀特·梅森先生的推论不能令人信服，那你就应该指点指点我们了。”

在整个漫长的讨论过程里，福尔摩斯都坐在那儿聚精会神地倾听着，不放过他们所说的每一个字眼儿。他那一双敏锐的眼睛东看看、西瞧瞧，双眉紧蹙，沉思不语。

“麦克先生，我想再了解一些情况，然后才能进行推论。”福尔摩斯跪到死尸旁边，说道，“哎呀！这伤确实骇人啊！能不能把管家找来一下？埃姆斯，我听说你常看到道格拉斯先生前臂上有一个奇怪的标记，一个圆圈里套着三角形的烙印，对吗？”

“先生，我经常看到。”

“你从未听说有关于这个烙印意思的任何揣测吗？”

“没听说过，先生。”

“这一定是火烙的标记，烙的时候，一定是受了很大的痛苦。埃姆斯，我注意到道格拉斯先生下巴后部有一小块儿药膏。在他活着的时候，你注意到了吗？”

“是的，先生，他昨天早晨刮脸时刮破的。”

“以前你见过他刮破脸吗？”

“先生，很久没有见过了。”

福尔摩斯说道：“这倒值得研究！当然，这也可能是巧合；但是，这也可能说明他有点儿紧张，说明他预知有危险存在。埃姆斯，昨天你发现主人有反常情况吗？”

“先生，我有一种感觉，他好像有点儿坐立不安，情绪激动。”

“哈！看来这次袭击并不完全是一次意外。我们已经有些进展了，对吗？麦克先生，或许你还有些什么问题。”

“没有，福尔摩斯先生，你到底经验比较丰富啊！”

“好，那么我们可以研究这张写着‘V. V. 341’的卡片了。这是一张粗纸硬卡片。在你们庄园里有这样的卡片吗？”

“我想没有。”

福尔摩斯走到写字台前，从每一个墨水瓶里蘸些墨水洒到吸墨纸上。

“这张卡片不是在这里写的，”福尔摩斯说道，“这是黑墨水，而那张卡片上的字却略带紫色，写时用的是粗笔尖，而这些笔尖都是细的。我认为，这是在别的地方写的。埃姆斯，你了解这上面的字义吗?”

“不了解，先生，一点儿也不了解。”

“麦克先生，你的意见呢?”

“我觉得像是某个秘密团体的名称，和前臂上标记的意义一样。”

“我也是这样想的。”怀特·梅森说道。

“好，我们可以把它当作一个合理的假设。由此出发，看一看我们的疑难究竟能解决多少。那个团体派来的一个人设法钻进庄园，守候着道格拉斯先生，用这支火枪几乎打掉了他的脑袋，然后蹚过护城河逃跑了。他之所以要在死者身旁留下一张卡片，无非只有一个目的，即报纸上一登出来，那个团体的其他党徒就能知道：仇已经报了。这些事情都是连贯在一起的。可是，武器有的是，他为什么单单要用这种火枪呢?”

“是啊!”

“还有，丢失的戒指又是怎么回事儿呢?”

“对呀!”

“现在已经两点多了，为什么还没有拿获凶手呢?我敢肯定在天亮以后，方圆四十英里内，每一个警察都在搜寻一个浑身湿淋淋的外来人。”

“福尔摩斯先生，正是这样。”

“好，除非他在附近有个藏身之处，或者事先准备好一套替换的衣服，否则他们是不会让他溜掉的。但是到现在他们不是依然没逮着他吗?”福尔摩斯走到窗旁，用他的放大镜查看窗台上的血迹，然后说道，“很显然这是一个鞋印，很宽——大概是八字脚。真怪呀，不管是谁到这沾满泥污的墙角来查看脚印，他都会说这个鞋底式样倒不错。可是，当然了，很不清楚。旁边这桌子底下是什么呢？”

“是道格拉斯先生的哑铃。”埃姆斯说道。

“哑铃？这里只有一只，另外那只呢？”

“我不知道，福尔摩斯先生，也可能本来就只有一只。我有好几个月没看到这东西了。”

“一只哑铃……”福尔摩斯严肃地说，可是话还没说完，就被一阵儿急促的敲门声打断了。一个身材高大、晒得黝黑、外表精干、脸刮得精光的人探头看着我们。我一下子就猜出来了，这就是我听人讲过的塞西尔·巴克。他用傲慢的疑问目光迅速扫视了大家一眼。

“不好意思，打断了你们的谈话，”巴克说道，“不过，诸位应该听听最新的情况了。”

“逮着凶手了吗？”

“没有这样的好事。不过人们已经找到他的自行车了。这家伙把他的自行车扔下了。请你们来看看，车子放在大厅门外一百码的地方。”

我们出门后看到三四个仆人和几个闲汉正站在马车道上查看那辆自行车。车子原先藏在常青树丛里，后来才被拖出来的。这是一辆用得很旧的“拉奇·惠特沃思”牌自行车。车上溅着不少泥浆，好像骑过相当远的路。车座后面有一个工具袋，里面有扳手和油壶，至于车主是谁，却没有什么线索。

“如果这些东西都曾登记、编号，对警方就很有帮助了，”麦克唐纳警长说道，“不过我们能得到这些东西，也应该谢天谢地了。即使我们弄不清他到什么地方去了，至少也有可能弄清他是从哪儿来的了。不过，这个家伙究竟为什么要丢下这辆车子呢？这倒是件怪事。他不骑车子，又是怎么走的呢？福尔摩斯先生，我们这件案子似乎还看不出一点儿眉目来呢。”

“真看不出一点儿眉目来吗？”福尔摩斯若有所思地答道，“我看不一定！”

五　剧中人

我们重新回到屋里时，怀特·梅森问道：“你们对书房要检查的地方，都检查完了吗？”

“暂时就算完了。”麦克唐纳警长回答道，福尔摩斯也点了点头。

“那么，现在你们愿意听听庄园里一些人的证词吗？我们就在这间餐厅吧，埃姆斯，请你先来，把你所知道的事情告诉我们。”

管家埃姆斯的叙述简单、明了，让人觉得这是一个诚实可靠的人。他是在五年前道格拉斯先生刚到伯尔斯通时受雇的。他知道道格拉斯先生是一个很有钱的绅士，是在美洲致富的。道格拉斯先生是一位和蔼可亲、善于体贴人的主人——或许埃姆斯对这个还不是很习惯，不过，一个人不可能什么事都做得很周到。他从来没见过道格拉斯先生惊恐的样子，相反，道格拉斯先生是他所见过的最大胆的人。道格拉斯先生之所以叫人每晚把吊桥拉起，只是因为这是这座庄园的古老的习俗，道格拉斯先生喜欢把这种古老的习俗保持下去。道格拉斯先生很少到伦敦去，也难得离开村子。不过，在遇害的前一天，他曾到坦布里奇韦尔斯买过东西。那天，埃姆斯发现道格拉斯先生有些坐立不安，情绪激动。他一反常态，变得急躁易怒。案发当晚，埃姆斯还没有就寝，正在房后面的餐具室里收拾银器，忽然听到铃声大作。他没有听到枪声，因为餐具室和厨房在庄园的最后面，中间还隔着几重关着的门和一条长廊，所以确实很难听到。艾伦太太当时也因为听到急促的铃声，赶忙跑了出来，他们就一齐跑到前厅。他们跑到楼下时，埃姆斯看到道格拉斯太太正从楼梯上走下来。不，她走得并不急，埃姆斯觉得，道格拉斯太太没有显得特别惊慌。她一到楼下，巴克先生就从书房里冲了出来。他极力阻拦道格拉斯太太，央求她回到楼上去。

“看在上帝的面儿上，你快回自己房里去吧！”巴克先生喊道，“可怜的杰克[①]已经死了，你也无能为力了。看在上帝的面儿上，快回去吧！”

巴克先生劝说了一会儿，道格拉斯太太就回到楼上去了。她既没有尖叫，也没有大喊大闹。女管家艾伦太太陪她上了楼，一起留在卧室里。埃姆斯和巴克先生回到书房，他们所看到的屋内的一切情况，完全和警局来人所看到的一样。那时烛光已经熄灭了，可是油灯还点着。他们从窗里向外观望，但那天晚上天非常黑，什么也看不见、听不到。后来他们奔到大厅，埃姆斯在这里摇动卷扬机放下吊桥，巴克先生就匆匆赶到警局去了。

这就是管家埃姆斯的简要证词。

女管家艾伦太太的说法，充其量不过是进一步证实了与她共事的男管家的证词。比起埃姆斯收拾银器的餐具室，女管家的卧室离前厅要更近一些。当时她正准备睡觉，忽然听到铃声大作。她有点儿耳背，也许正是因为这样没有听到枪响；不过，无论如何，书房是离得挺远的。她记得曾听到一种声响，她把它当作是砰的一下关门声。这还是早得多的事儿，至少在铃响半小时以前。她是同埃姆斯一起跑到前厅的。她看到巴克先生从书房冲出来，脸色苍白，神情激动。巴克先生看到道格拉斯夫人下楼，就截住了她，劝她回到楼上去。道格拉斯夫人答了话，但听不见她都说了些什么。

“扶她上去，陪着她。”巴克先生对艾伦太太说道。

之后艾伦太太把道格拉斯夫人扶到了卧室，并竭力安慰她。道

---

① 约翰的爱称，死者的全名为约翰·道格拉斯。——译者注

格拉斯夫人显得十分惊恐，浑身发抖，但也没有表示要再下楼去。她只是穿着睡衣，双手抱着头，坐在卧室壁炉旁边。艾伦太太几乎整晚都陪着她。至于其他仆人，都已入睡了，没有听到铃声，直到警察到来之前，他们才知道出了事。他们都住在庄园最后面的地方，所以多半也听不到什么声音。

因此，女管家艾伦太太，她除了悲伤和吃惊以外，在盘问中一点儿也没有补充出什么新情况。

艾伦太太说完，塞西尔·巴克先生作为目击者，接着讲述了当时的情况。至于那晚发生的事情，除了已经告诉警察的以外，巴克补充的情况非常少。他个人确信，凶手是从窗户逃走的。他认为，窗台上的血迹就是这一论点的确凿证据。此外，因为吊桥已经拉起来，凶手也没有其他办法可以逃走。但他不能解释凶手的情况是怎样的，假如自行车确实是凶手的，为什么他不骑走呢？刺客不可能被淹死在护城河里，因为河水没有超过三英尺深的地方。

关于凶手，巴克先生自己有着非常明确的看法。道格拉斯是一个沉默谨慎的人，关于以前的生活，有些部分他从来不曾对人讲过。他还非常年轻时，就移居到美洲了。他的景况日渐富裕。巴克卡农在加利福尼亚州和他认识后，两人便合伙在当地一个叫作贝尼托卡农的地方经营矿业，并做得很成功。不料道格拉斯突然把它变卖，动身回到英国来了。那时他正在鳏居。巴克随后也把产业变卖了，迁到伦敦来住。于是，他们的友谊又重新恢复起来。道格拉斯给他的印象是：总有一种危险在时刻威胁着他的感觉。道格拉斯突然离开加利福尼亚，并在英国这么僻静的地方租下房子，巴克先生一直认为都与这种危险有关。巴克先生猜测一定有个什么秘密团体，或是说一个残忍的组织，一直在追踪道格拉斯，且不杀死他誓不罢休。尽管道格拉斯从来没讲过那是怎样一个团体，也没讲过是怎样得罪了他们，但从道格拉斯的只言片语中，巴克产生了上述的想法。他仅能推测这张卡片上的字一定和那个秘密团体有些关系。

“你和道格拉斯一起在加利福尼亚待了多长时间？”麦克唐纳警长问道。

“一共五年。”

“你说，他是一个单身汉吗？”

“那时他是个鳏夫。”

“你可曾听说过他前妻的来历？”

“没有，我只记得他说过她是德国血统，我也看到过她的画像，是一个很美丽的女子。就在我和道格拉斯结识的前一年，她患伤寒病死去了。”

“你知不知道道格拉斯过去和美国的某一地区有密切关系？”

“我听他讲过芝加哥。他对这个城市很熟悉，并且在那里做过事。我还听他讲过产煤和产铁的一些地区。他生前周游过很多地方。”

“他是政治家吗？这个秘密团体和政治有关系吗？”

“不，他根本不关心政治。”

“你认为他做过犯罪的事吗？”

“恰恰相反，我这一生还从来没遇到过像他这样正直的人。”

“他在加利福尼亚时，生活上有什么古怪的地方吗？”

“他最喜欢到山里去，来我们的矿区工作。他总是尽可能不到生人多的地方去，所以我才首先想到有人在追踪他。后来，他那么突然地离开那里到欧洲去，我就愈发相信是这么回事儿了。我相信他曾经接到过某种警告。在他走后的一个星期里，曾有五六个人向我打听过他的行踪。”

“是些什么人呢？”

“嗯，是一群看起来非常冷酷无情的人。他们来到矿区，打听道格拉斯在什么地方。我告诉他们说，他已经到欧洲去了，我也不知道他在什么地方。不难看出，他们对他不怀好意。”

“这些人是美国人，也是加利福尼亚人吧？”

“这个，对于加利福尼亚人，我不太了解。但他们确实都是美国人，不过他们不是矿工。我不知道他们是些什么人，只巴不得他们快点儿走。”

“那是六年前的事吧？”

“将近七年了。”

“你们在加利福尼亚一起住了五年，这么说，这桩事不是至少有十一年了吗？”

“是这样的。”

“其中一定有不共戴天的冤仇，所以隔了这么长的时间还不能忘怀。冤仇的源头看来绝不是小事儿。”

“我认为这件事就像幽灵一样尾随着道格拉斯，让他一直无法释怀。”

“不过，一个人大难临头，而且知道是怎样的危难，你想，他哪有不寻求警察保护的道理呢？”

“也许这种危险是别人无法保护他的。有一件事你们应当知道，他出门总是带着武器的。他的手枪从来不离开他的衣袋。但是，不幸的是，昨晚他只穿着睡衣，把手枪留在卧室里了。我猜想，他一定以为吊桥一拉起来，他就安全了。”

麦克唐纳说道：“我希望再把年代弄清楚些。道格拉斯离开加利福尼亚整六年了。你不是在第二年就随之而来了吗？”

“是的。”

“他再婚已经有五年了。你一定是在他结婚前后那年回来的吧。”

“大约在他结婚前一个月。我还是他的男傧相呢！”

“道格拉斯夫人结婚以前，你认识她吗？”

“不，我不认识她。我离开英国已经有十年了。”

“可是从那以后，你常常和她见面吧？”

巴克神情严肃地望着麦克唐纳警长。

“从那时起，我常常和道格拉斯见面，”巴克回答道，“至于我和道格拉斯夫人见面，那是因为你不可能去拜访一个朋友，而不认识他的妻子。假使你想象其中有什么牵连……”

“巴克先生，我什么也没有想象。凡是与这起案件有关的每一件事，我都有责任查问。不过，我无意要冒犯你。”

“有些责问就是无礼的。”巴克怒气冲冲地答道。

“这只是因为我们需要了解一些事实，弄清这些事实对你和大家都有好处。你和道格拉斯夫人的友情，道格拉斯先生完全赞成吗?”

这时，巴克的脸色显得更加苍白，两只有力的大手痉挛似的紧握在一起。

“你没有权利问这样的问题!”他大声说道，“这和你所调查的事情有什么关系呢?”

“我一定要提这个问题。”

“那么，我拒绝回答。”

“你可以拒绝回答，不过你要知道，你拒绝回答本身就是回答，因为你如果没有需要隐瞒的事，你就不会拒绝回答了。”

巴克绷着脸站了一会儿，那双浓重的黑眉皱起来，苦思不已。然后他又微笑着抬起头来说道：“嗯，不管怎么说，我想诸位先生毕竟是在执行公务。我没有权利从中阻梗。我只想请求你们不要拿这件事再去烦扰道格拉斯夫人了，因为她现在已经够难受的了。我可以告诉你们，可怜的道格拉斯只有那么一个缺点，就是他的嫉妒心。他对我非常友爱，没有人对朋友比他对我更友爱了。他对妻子也非常专一。他很乐意叫我到这里来，并且经常派人去找我过来。可是如果他的妻子和我一起谈话或是我和他妻子之间好像有些互相同情的时候，他就会醋劲儿大发，勃然大怒，当场说出最粗野的话来。我曾不止一次为此发誓不再到这里来。可是事后他又给我写信，向我表示忏悔，哀求我，我也只好不再计较这些了。不过，先生们，你们可以听我说一句结论性的话，那就是，天下再也没有像道格拉斯夫人这样爱丈夫、忠诚于丈夫的妻子；我还敢说，天下也没有比我更忠诚的朋友了。”

巴克的话说得热情洋溢、感情真挚，然而麦克唐纳警长还是没有转移话题，他问道：“你知道死者的结婚戒指被人从手指上取走了吧?”

“看来像是这样。”巴克说道。

“你说‘看来像’是什么意思?你知道这是事实啊!”

巴克这时看来有些惊惶不安和犹豫不决。他说道：“我说‘看来像’，意思是说不定是他自己把戒指取下来的呢。”

“事实是戒指确实不见了，不管是什么人取下的，任何人都会由此想到一个问题：这桩婚姻和这桩惨案会不会有什么联系呢？”

巴克耸了耸他那宽阔的肩膀。

“我不能硬说它使人想起什么，”巴克答道，“可是如果你要暗示：这件事不管是什么理由，可能反映出不利于道格拉斯夫人名誉的问题的话，”瞬间，他双目燃起了怒火，然后他显然在拼命地克制住自己的情感，“那么，你们的思路就算是引入歧途了。我要说的话就是这些。”

“我想，现在我没有什么事要问你了。”麦克唐纳冷冷地说道。

“还有一个小问题。”福尔摩斯问道，“当你走进这间屋子的时候，桌上只点着一支蜡烛，是吗？”

“对，是这样的。”

“借着烛光，你看到了发生的可怕事情？”

“不错。”

“你于是就马上按铃求援了？”

“对。”

“他们很快就都赶过来了吗？”

“大概在一分钟之内就都来了。”

“但当他们赶到的时候，看到蜡烛已经熄灭，油灯已经点上了，这似乎有点儿奇怪吧。”

巴克又现出有些犹豫不决的样子。

“福尔摩斯先生，我看不出这有什么奇怪的，”停了一下，他才答道，“烛光很暗，我首先想到的是让屋子更亮一些。正好这灯就在桌子上，所以我就把灯点上了。”

“是你把蜡烛吹灭的吗？”

“是的。”

福尔摩斯没有再提什么问题。巴克不慌不忙地看了我们每个人一眼，转身走出去。我觉得，他的行为似乎带着对立的情绪。

麦克唐纳警长派人给道格拉斯夫人送去一张纸条，大意是说，他将到她卧室去拜访，可是她答复说，她要在餐厅会见我们。过了一会儿她走进来了，她是个年方三十、身材颀长、容貌秀美的女子，沉默寡言，极为沉着冷静。我本以为她会是一副悲惨不安、心烦意乱的模样，谁知却完全不是那样。她确实面色苍白，面容憔悴，正像一个受过极度惊吓的人一样，可是她的举止却镇静自若。她那纤秀的手扶在桌上，和我的手一样，一点儿也没有颤抖。她那双悲伤、哀怨的眼睛，带着异常探询的目光扫视了我们大家一眼。突然，她那探询的目光转化成出其不意的话语，问道："你们可有什么发现吗？"

这难道是我的想象吗？为什么她发问的时候语气中带着惊恐，而不是希望呢？

"道格拉斯夫人，我们已经采取了一切可能的措施。"麦克唐纳说道，"你尽可放心，我们不会忽略什么的。"

"请不要吝惜金钱，"她毫无表情、心平气和地说道，"我希望你们尽一切力量去查明真相。"

"或许你可以告诉我们一些有助于查清这件案子的事吧？"

"恐怕说不好，但我所知道的一切，都可以告诉你们。"

"我们听塞西尔·巴克先生说你实际上没有看到，也就是说，你并没有到过案发的屋子里面去，对吗？"

"是的，巴克让我回到楼上去。他恳求我回到我的卧室去。"

"确实是这样。你听到了枪声，而且马上就下楼了。"

"我穿上睡袍就下楼来了。"

"从你听到枪声，到巴克先生在楼下阻拦你，中间隔了多长时间？"

"大约有两分钟吧，在这样的时刻是很难计算时间的。巴克先生恳求我不要进去。他说我进去也是无济于事的。后来，女管家艾伦太太就把我扶回楼上了。这真像是一场可怕的噩梦！"

"你能不能大体上告诉我们，你丈夫下楼后多久你就听到了枪声？"

受到惊吓的道格拉斯夫人

“不，我说不清楚。因为他是从更衣室下楼的，我没有听到他走出去。因为他怕失火，所以每天晚上都要在庄园里绕一圈。我只知道他唯一害怕的东西就是火灾。”

“道格拉斯夫人，这正是我想要谈到的问题。你和你丈夫是在英国认识的，对不对？”

“对，我们已经结婚五年了。”

“那你听他讲过在美洲发生过什么威胁到他的事吗？”

道格拉斯夫人认真地思索了一会儿才答道：“对，我总觉得有一种危险在时刻威胁着他，但他不肯与我商量。这并不是因为他不信任我，我们夫妻一向是无比恩爱、推心置腹的，这只是因为他不想叫我担惊受怕。他认为如果我知道了一切，就会惊惶不安，所以他便保持沉默了。”

“那你是怎么知道的呢？”

道格拉斯夫人脸上掠过一丝笑容，说道：“做丈夫的一生保守着秘密，而深爱着他的女人却一点儿也觉察不出，这可能吗？我是从许多方面知道的：从他避而不谈他在美洲生活的某些片段；从他采取的某些防范措施；从他偶尔流露出来的某些言语；从他注视某些不速之客的方式。我完全可以肯定，他所面对的敌人势力强大，他自己也确知他们正在追踪他，所以他总是在防备着他们。因为我深信这点，所以这几年来，只要他回来得比预料的晚，我就非常惊恐。”

“我可以问一句吗？”福尔摩斯说道，“哪些话引起你的注意呢？”

“‘恐怖谷’，”道格拉斯夫人回答道，“这就是我追问他时他用的词儿。他说：‘我一直身陷恐怖谷中，至今也无法逃出。’‘难道我们就永远逃不出这恐怖谷了吗？’我看到他更失常时曾这样问过他。他回答说：‘有时我想，我们永远也逃不出来啦。’”

“你想必问过他，‘恐怖谷’是什么意思吧。”

“我问过他，可是他一听就脸色阴沉，连连摇头说：‘我们两个人中有一个处于它的魔影笼罩之下，这就够糟糕的了。愿上帝保佑，这不会落到你的头上。’这一定是某个真正的山谷，他曾在那里住过，而且在那里曾有一些可怕的事情发生在他身上——这一点，我敢肯定——其他我就再没有什么可以告诉你们的了。”

“他从没有提过什么人的名字吗？”

“提到过的。三年前，他打猎时出了点儿意外，在发烧中，曾经说过胡话。我记得他不断说起一个名字，他说的时候，很是愤怒，而且有几分恐惧。这人的名字是麦金蒂——身主麦金蒂。后来他病好了，我问他，身主麦金蒂是谁，他主管谁的身体？他哈哈一笑回答说，‘谢天谢地，他可不要管我的身体。’我从他那里得到的全部情况也就是这些了。不过，身主麦金蒂和‘恐怖谷’之间一定是有关系的。”

“还有一点，”麦克唐纳警长说道，“你是在伦敦一家公寓里和道格拉斯先生相识的，并且在那儿和他订的婚，是吗？关于你们的婚事，有什么浪漫的事，或者有什么秘密或神秘的事吗？”

“浪漫的事是有的，总是有浪漫的事的。可是，没有什么神秘的。”

“他没有情敌吗？”

“没有，那时我根本还没有男朋友。”

“你应该听说过，他的结婚戒指被人拿走了。这件事和你有什么关系吗？假定是他过去生活里的仇人追踪到这里并下了毒手，那么，把他的结婚戒指拿走的原因可能是什么呢？”

瞬间，我敢说道格拉斯夫人唇边掠过一丝微笑。

“这我实在说不上，”她回答道，“这确实是一件非常离奇古怪的事。”

“好，我们不再多耽误你了，在这种时候来打扰你，我们很是抱歉。”麦克唐纳说道，“当然，还有一些其他问题，以后遇到时，我们再来问你吧。”

她站了起来。我注意到，像刚才一样，她又用轻捷而带有疑问的目光扫视了我们一下，“你们对我的证词有什么看法呢？”这个问题真像是她已经说出来一样。然后，她鞠了一躬，裙边轻扫地面，走出了房间。

“她真是一个美丽的女人，一个非常美丽的女人。”在她关上门以后，麦克唐纳沉思着说道，“巴克这个人一定常常到这里来。他应该是个颇受女人青睐的男人。他说过死者是个爱吃醋的人。他可能最清楚道格拉斯的醋意从何而来。还有结婚戒指的事。你无法放过这些问题。对这个从死者手上夺走结婚戒指的人……福尔摩斯先生，你有什么看法？”

我的朋友坐在那里，两手托着下巴，陷入沉思。这时他站起身来，拉响了传呼铃。

“埃姆斯，”当管家走进来时，福尔摩斯说道，“塞西尔·巴克先生现在在哪儿？”

“我去看看，先生。”

埃姆斯一会儿就回来了，告诉我们巴克先生在花园里。

“埃姆斯，你可记得昨晚你和巴克先生在书房时，他脚上穿的是什么？”

“记得，福尔摩斯先生。他穿的是一双拖鞋。他要去报警时，我才把长筒靴拿给他的。”

“现在这双拖鞋在哪里？”

“现在还在大厅的椅子底下。”

“很好，埃姆斯，我们要知道哪些是巴克先生的脚印，哪些是外来的脚印，这当然很重要了。”

“是的，先生。我可以说我注意到了那双拖鞋上已经染有血迹了，连我的鞋子上也是一样。”

“根据当时室内情况来看，那是很自然的。很好，埃姆斯。如果我们要找你，我们会再拉铃的。”

几分钟以后，我们来到书房。福尔摩斯已经从大厅里拿来那双毡拖鞋。果然像埃姆斯说的那样，两只鞋底上都有黑色的血迹。

“奇怪！”福尔摩斯站在窗前，就着阳光仔细查看，自言自语道，“真是非常奇怪！”

福尔摩斯像猫似的猛跳过去，俯身把一只拖鞋放在窗台的血迹上，完全吻合。他默默地朝着几个同事笑了笑。

这时麦克唐纳兴奋得已失去体统。他用地方口音喋喋不休地讲起来，听着就像棍棒敲在栏杆上的声音一样。他大声说道："老兄！这是毫无疑义的了！是巴克自己印在窗上的。这比任何靴印都要宽得多。我记得你说过这是一双八字脚，而答案就在这里。不过，这是玩的什么把戏呢？福尔摩斯先生，这是什么把戏呢？"

"是啊，这是什么把戏呢？"我的朋友若有所思地重复着麦克唐纳的话。

怀特·梅森捂着嘴轻声地笑着，又以职业上特有的那种满意的心情搓着他那双肥大的手，大声说道："我说过这桩案子离奇，果真一点儿不假啊！"

六　一线光明

这三位侦探还有许多细节要去调查，所以我就独自返回我们在乡村旅店的住所。可是在回去以前，我在这古色古香的花园里散了散步。花园在庄园侧翼，四周环绕着一排排非常古老的紫杉，修剪得奇形怪状。园里是一片连绵的草坪，草坪中间有一个古式的日晷仪。整个园中景色雅静宜人，使我紧张的神经也不禁松弛了，顿时心旷神怡起来。在这样清雅幽静的环境里，一个人是可以忘掉那间阴森森的书房和地板上那具四肢伸开、血迹斑斑的尸体的，或者只把它当作一场噩梦而已。然而，正当我在园中散步，心神沉浸在鸟语花香之中时，忽然遇到了一件怪事，使我重新想起那件惨案，并在我心中留下了不祥的印象。

我刚才说过，花园四周点缀着一排排的紫杉。在距庄园楼房最远的那一头，紫杉很稠密，形成一道连绵的树篱。树篱的后面，有个长条石凳，从楼房这个方向走过去是看不见的。我走近那个地方就听到有人说话，先是一个男人低沉的喉音，随后是一个女人娇柔的笑声。我很快走到了树篱的尽头，对方还没有发现我，我就看到了道格拉斯夫人和巴克这个大汉。她的样子使我大吃一惊。在餐厅里，她是那么娴静而又拘谨，而现在，她脸上一切伪装的悲哀都已烟消云散，双眼闪烁着生动欢乐的光辉，脸上被同伴的妙语逗乐的笑纹依旧在跃动着。巴克坐在那里，向前倾着身子，两手交握在一起，双肘支在膝上，英俊的面孔答以微笑。一看到我，他们俩立刻就恢复了那种严肃的伪装——只不过太晚了点儿。他们俩匆匆说了一两句话，巴克随即起身走到我身旁，说道：“不好意思，先生，你可是华生医生吗?”

我冷冷地向他点了点头，我敢说，我很明显地表露出内心对他们的印象。

“我们想可能是你，因为你和夏洛克·福尔摩斯先生的友情是尽人皆知的。你可愿意过来和道格拉斯夫人说会儿话吗?”

我脸色阴沉地随他走过去，脑海里清晰地浮现出地板上那具脑袋几乎被打碎了的尸体。惨案发生后还不到几个小时，他的妻子竟在他的花园的灌木丛后面和他的挚友说说笑笑。我很冷淡地向这个女人打了个招呼。在餐厅时，我曾因她的不幸而感到沉痛，而现在，我对她那祈求的目光也只能漠然置之了。

“恐怕你要以为我是一个冷酷无情、铁石心肠的人了吧?”道格拉斯夫人说道。

我耸了耸双肩，说道：“这不干我的事。”

“也许有那么一天你会公平地对待我，只要你了解……”

“华生医生没有必要了解什么，”巴克急忙说道，“因为他刚亲口说过，这不干他的事嘛!”

“不错，”我说道，“那么，我就告辞了，我还要继续散步呢。”

“华生医生，请等一等，”道格拉斯夫人用恳求的声音大声说道，“有一个问题，你的回答比世上任何人都更有权威，而这个答案对我至关重要。你比任何人都更了解福尔摩斯先生，了解他和警局的关系。假使有人把一件事秘密地告诉他，他是不是绝对会转告警探们呢?”

“对，问题就在这里，”巴克也很恳切地说道，“他是独立处理问题，还是全都要和他们一起解决?”

“我真不知道该不该谈这样一个问题。”

“我求你，我恳求你告诉我，华生医生，我相信你一定能够帮我们的，只要你在这点上给我们指点一下，你对我的帮助就太大了。”

道格拉斯夫人的声音是那么诚恳，竟使我霎时忘掉她的一切轻浮举动，感动得只能满足她的要求。

“福尔摩斯先生是一个独立的侦探，”我说道，“一切事他都自己作主，并根据自己的判断来处理问题。同时，他当然会忠于那些和他一同办案的官方人员，而对那些能帮助官方把罪犯缉拿归案的事情，他也绝不隐瞒他们。除此以外，我不能说别的。如果你要知道得更详细，我建议你找福尔摩斯先生本人。”

说着，我抬了一下帽子①就走开了，他们俩仍然坐在树篱挡住的地方。我走到树篱尽头，回头看到他们仍坐在树篱后面热烈地谈论着；因为他们的眼睛一直在盯着我，这就很明显，他们是在议论刚才和我的对话。

福尔摩斯用了整个下午的时间，和他的两个同行在庄园里商量案情，五点左右才回来。我叫人给他端上茶点，他狼吞虎咽地吃起来。

当我把这件事告诉福尔摩斯时，他说道：“我不期望他们告诉我什么秘密。华生，也根本没有什么秘密。因为如果我们以同谋和谋杀的罪名去逮捕他们的话，他们就会十分狼狈了。”

“你觉得这件事会引向这样的结果吗？”

福尔摩斯兴高采烈、意趣盎然，幽默地说道：“华生，等我消灭了这第四个鸡蛋，我就告诉你全部的情况。我不敢说已经完全水落石出了——还差得远呢！不过，当我们追查到了那只丢失的哑铃的时候……”

“那只哑铃？”

“啊，华生，难道你没看出来，这个案子的关键就在于那只丢失的哑铃吗？好了，好了，你也用不着垂头丧气，因为，这只是我们两个人说说，我想不管是麦克警长，还是那个精明的地方侦探，都没有了解到这件小事儿的特殊重要性。只有一只哑铃！华生，想

① 欧洲人的一种礼节，将帽子稍稍拿起一些，并稍点头，随即戴上。——译者注

想一个运动员只有一只哑铃的情况吧！想想那种畸形发展——很快就有造成脊椎弯曲的危险。不正常啊，华生，不正常啊！”

他坐在那里，大口吃着面包，两眼闪耀着调皮的神色，注视着我那搜肠刮肚的狼狈相。

福尔摩斯食欲这样旺盛，说明他已经胸有成竹了。因为我对他那些食不甘味的日日夜夜记忆犹新。当他那困惑的头脑被疑难问题弄得焦躁不安的时候，他就会像一个苦行主义者那样全神贯注，而他那瘦削、渴求破案的面容就变得愈发枯瘦如柴了。

最后，福尔摩斯点着了烟斗，坐在这家老式乡村旅馆的炉火旁，不慌不忙地随意地谈起这个案子来，这与其说是深思熟虑的讲述，不如说是自言自语的回忆。

“谎言，华生，这是一个很大的、出奇的、不折不扣的弥天大谎。我们一开始就碰到这个谎言，这就是我们的出发点。巴克完全是撒谎。不过，巴克的话被道格拉斯夫人进一步证实了。所以说，道格拉斯夫人也是在撒谎。他们两个都在撒谎，而且是串通一气的。所以现在我们的问题很清楚，就是查清楚他们为什么要撒谎，他们千方百计力图隐瞒的真相又是什么。华生，你我两人试试看，能不能查出这些谎言背后的真相。

“我怎么知道他们是在撒谎呢？因为他们捏造得非常笨拙，根本违背了事实。试想一下吧！照他们所说，凶手杀人后，在不到一分钟的时间里从死者手指上摘去这枚戒指，而这枚戒指上面还套着另一枚戒指，然后再把这另一枚戒指套回原处——这是他肯定做不到的，还把这张奇怪的卡片放在受害者身旁。我说这显然是办不到的。你也可能会争辩说，那枚戒指也许是在他被害以前被摘下去的。可是，华生，我非常尊重你的判断能力，因此我想你是不会这么说的。蜡烛只点了很短时间，这个事实说明，死者和凶手会面的时间不会很长。我们听说道格拉斯胆量很大，他是那种稍经吓唬就会自动交出结婚戒指的人吗？我们能想象他竟然会交出结婚戒指吗？不，不会的，华生，灯点着后，凶手独自一人和死者待了一段时间。对于这一点，我是深信不疑的。

"不过致死的原因，很明显是枪杀。所以，开枪的时间比他们所说的要早许多。事情经过就是这样，这是绝对不会错的。因此，我们所面对的是一场蓄意合谋，是由那两个听到枪声的人，也就是巴克这个男人和道格拉斯夫人这个女人干的。首先，我能证明窗台上的血迹是巴克故意印上去的，目的是要给警方造成虚假线索。这时你也就会承认，这一案件的发展变得对他不利了。

"现在，我们必须向自己提出一个问题：凶杀案究竟是在什么时间发生的呢？直到十点半钟，仆人们还在这屋里来来往往，所以案子肯定不是在这之前发生的。十点四十五分，仆人们都回到了房间，只有埃姆斯还留在餐具室。在下午你离开我们以后，我曾做过一些实验，发现只要把房门都关上，麦克唐纳在书房不管发出多大的声音，我在餐具室里也休想听到。

"然而，女管家的卧室就不同了。这间卧室离走廊不远，当声音非常响时，我在这间卧室是可以模模糊糊地听到的。在极近的距离射击时——本案无疑是如此——火枪的枪声在某种程度上是会消声的，枪声不会很响，但在寂静的夜晚艾伦太太在卧室是能听到的。艾伦太太告诉我们她有些耳背，尽管如此，她还是在证词中提到过，在警报发出前半小时，她曾听到砰的一声像关门的声音。警报发出前半小时当然是十点四十五分。我确信她听到的就是枪声，那才是真正的行凶时间。

"假如确实如此，我们现在必须查明一个问题：假定巴克和道格拉斯夫人不是凶手，那么，从十点四十五分他们听到枪声下楼，到十一点一刻他们拉铃叫来仆人为止，这段时间里他们俩都干了些什么。他们在干些什么呢？为什么他们不马上拉响铃声呢？这就是摆在我们面前的问题。这个问题一经查明，对我们破案将有极大的帮助。"

"我确信，"我说道，"他们两个是串通一气的。道格拉斯夫人一定是个毫无心肝的东西，在丈夫死后仅仅几个小时，竟然听到笑话就坐在那里哈哈大笑。"

"不错。甚至当她在讲述案情时，也不像个被害人的妻子。华生，我不是一个崇拜女性的人，这一点你是知道的。可是我的生活经验告诉我，为人妻子的若对丈夫仍有半点儿关心的话，绝不会听了别人的话就不去看她丈夫尸体的。华生，要是我娶妻的话，我一定会给我妻子灌输一种感情，当我的尸体躺在离她不远的地方时，她绝不会随女管家走开。他们这种安排非常拙劣，即使是最没有经验的侦探，也会因为没有出现通常会有的女士尖声悲号的场面而感到吃惊的。即使没有其他原因，单凭这件小事儿我也会认为这是一场预谋。”

“那么，你一定认为巴克和道格拉斯夫人就是杀人犯了？”

“你的这些问题真够直截了当的，”福尔摩斯向我挥舞着烟斗说，“就像对我射来的子弹一样。如果你认为道格拉斯夫人和巴克知道谋杀案的真相，并且合谋策划，隐瞒真相，那我打心眼儿里同意你，他们肯定是这样干的。不过你那击中要害的前提还不那么清楚。我们先来把妨碍我们前进的疑难问题研究一下吧。

“我们可以设想他们两个人因暧昧关系而沆瀣一气，而且他们决心除掉碍手碍脚的那个人。这只是一种大胆的设想，因为我们经过对仆人们和其他人的周密调查，从哪一方面也不能证明这一点。恰恰相反，有许多证据说明道格拉斯夫妇恩爱无比。”

“我敢说这都不是真的。”我想起花园中那张美丽含笑的面孔，说道。

“好，至少他们使人产生这种印象。然而，我们假定他们是一对诡计多端的人，在这一点上欺骗了所有的人，而且合谋杀害道格拉斯。碰巧道格拉斯正面临着某种危险……”

“我们只是听到他们的一面之词啊！”

福尔摩斯沉思着，说道：“我知道，华生，你概括地说明了你的意见，你的意见是，从一开始他们说的每件事都是假的。按照你的看法，根本就没有什么暗藏的危险，没有什么秘密团体，也没有什么‘恐怖谷’，没有什么叫作麦金蒂之类的大头目诸如此类的事情。好啊，这也算是一种不错的归纳。让我们看看它会使我们得到什么结果。他们捏造这种说法是要解释犯罪的动机。然后，他们配合这种说法，并把一辆自行车丢在花园里，以此证明凶手是个外来人。窗台上的血迹也是出于同一目的。尸体上的卡片也是如此，卡片可能就是在屋里写好的。所有这一切都符合你的假设，华生。可是现在，我们跟着就要碰到这样一些难于处理、颇为棘手、处处对不上碴儿的问题了。为什么他们从所有武器中单单选了一支截短了的火枪，而且又是美国火枪呢？他们怎么能肯定火枪的射击声不会把别人惊动，向他们奔来呢？像艾伦太太那样把枪声只当关门声而不出来查看，这不过是偶然现象罢了。华生，为什么你所谓的一对罪犯会这样蠢呢？”

“我承认我对这些无法解释。”

“还有，如果一个女人和她的情夫合谋杀死她的丈夫，他们会在他死后像炫耀胜利似的把结婚戒指摘走，从而让自己的罪行尽人皆知吗？华生，难道你认为这也是可能的吗？”

“不，这是不可能的。”

“再说，假如丢下一辆藏在外边的自行车是你想出来的主意，难道这样做真的有什么价值吗？即使最蠢的侦探也必然会说，这显然是故布疑阵，因为一个亡命徒为了逃跑，首要的东西就是自行车呀！”

“我想不出怎样才能解释了。”

“然而，就人类的智力而言，对于一系列相互关联的事件想不出解释来，这是不可能的事。我来指一条可能的思路吧，就当作是一次智力练习，且不管它对还是不对。我承认，这仅仅是一种想象，不过，想象不始终是真相之母吗？

“我们假设，道格拉斯这个人生活中确实有过犯罪的隐私，而且是一个实在可耻的隐私。这就使他遭到某人暗杀，我们设想凶手是个从外面来的仇人。出于某种我到目前还无法解释的原因，这个仇人取走了死者的结婚戒指。这种宿怨可以认为是他第一次结婚时造成的，而正因为如此，凶手才取走他的结婚戒指。

“在这个仇人逃跑以前，巴克和死者的妻子来到屋中。凶手说服他们，如果他们企图抓获他，那么，一件耸人听闻的丑事就会被公之于世。于是他们就改变了主意，情愿把他放走了。出于这个目的，他们完全可能无声无息地放下吊桥，然后再拉上去。凶手逃跑时，出于某种原因，认为步行比骑自行车要安全得多。所以他把自行车丢到他安全逃走以后才可能被发现的地方。到此为止，这些推测是可能的，对不对？”

“对，毫无疑问，这是可能的。”我有所保留地说。

“华生，我们一定要想到我们遇到的事无疑是极为特殊的。现在我们继续把我们想象的案情谈下去。这一对不一定是罪犯的人，在凶手逃离后，意识到自己处于一种被动地位，他们既难说明自己没有动手行凶，又难证明不是纵容他人行凶。于是他们急急忙忙、笨手笨脚地应付这种情况。巴克用他沾了血迹的拖鞋在窗台上做了脚印，伪作凶手逃走的痕迹。显然他们两个肯定都听到了枪声，所以在他们安排好了以后，才拉铃报警。不过这已经是案发后整整半个小时了。”

“你打算怎样证明所有这一切呢？”

“好，如果是一个外来人，那么他就有可能被追捕归案，这当然是最有效的证明了。但如果不是这样的话……嗯，科学的手段是无穷无尽的。我想，要是能单独在书房待一晚上，那对我会有很大帮助的。”

“独自一个人待一晚上！”

“我打算现在就过去。我已经和那个令人尊敬的管家埃姆斯商量过了，他绝不是巴克的心腹。我要坐在那间屋里，看看室内的氛围是否能给我带来一些灵感。华生，老朋友，你笑吧。我是笃信守护神的。好，走着瞧吧！顺便问一下，你有一把大雨伞吧？带来了没有？”

“在这儿。”

“好，如果可以的话，我要借用一下。”

“当然可以了，不过，这是一件多么蹩脚的武器啊！如果有什么危险……”

“没什么大问题的，华生，不然，我就一定会请你帮忙了。可是我一定要借这把伞用一用。目前，我只是等候我的同事们从坦布里奇韦尔斯回来，他们现在正在那里查找自行车的主人呢。”

黄昏时分，麦克唐纳警长和怀特·梅森调查回来了。他们兴高采烈，说是调查有了很大进展。

“伙计，我承认我曾经怀疑过是否果真有个外来人，”麦克唐纳说道，“不过现在一切都过去了。有人已经认出了自行车，并且还查访到车主的外貌特征，所以，这一趟可是收获不小啊！”

“你们这么说，好像这案子就要了结了，”福尔摩斯说道，“我衷心地向你们二位道喜啊！”

“好，我是从这个事实入手的：道格拉斯先生遇害前一天曾到过坦布里奇韦尔斯，从那一天起，他就显得神情不安了。那么，正是在坦布里奇韦尔斯，他意识到了有某种危险。很明显，如果一个人是骑自行车来的话，那就可以料想他是从坦布里奇韦尔斯来的了。我们把自行车带上，把它给各家旅馆看。车子马上被伊格尔商业旅馆的经理认出来了，说车主是一个叫哈格雷夫的人。他两天前在那里开过房间。这辆自行车和一个小手提箱，就是他的全部家当。他登记是从伦敦来的，可是没有写地址。手提箱是伦敦出品，里面的东西也全是英国货，不过那人本身却无疑是美国人。”

“很好，很好，”福尔摩斯高兴地说道，“你们确实做了一件实在的工作，而我却和我的朋友坐在这里编造各种推论。麦克先生，这的确是一次教训呢，是得多做些实际的工作啊！”

“当然，这话不错，福尔摩斯先生。”麦克唐纳警长满意地说道。

“可是这也完全符合你的推论啊！”我提醒说。

“那也说不定。不过，让我们听听结果如何吧，麦克先生。没有什么线索可以查清这个人吗？”

“几乎没有，很明显，他非常小心谨慎地提防着，不让别人认出他来。他的手提箱里既没有文件也没有书信，衣服上也没有特别的标记。他房间的桌上有一张本郡的自行车路线图。昨天早饭后，他就骑上自行车离开了旅馆，直到我们去查问为止，也没有再听到他的更多情况。”

“福尔摩斯先生，这一点着实让我百思不得其解。”怀特·梅森说道，“如果这个人不想叫人怀疑他，他就应当想到，他必须返回旅馆，并且像一个与事无关的游客那样待在那里。像现在这样，他应当知道，旅馆主人会去向警察报告的，那么他的失踪就必然会被和凶杀案联系起来的。”

“人家是要这样想的。既然还没有捉到他，至少直到现在证明他还是机智的。不过，他的外貌特征到底是什么样的呢？”

麦克唐纳查看了一下笔记本。

“这里我们已经把他们所说的完全记下来了。他们似乎说得不太详细，不过那些茶房、管事的和女侍者们所说的大致相同。那人身高五英尺九英寸，五十岁左右，头发有点儿灰白，长着淡灰色的胡子、鹰钩鼻子和一张凶残无比、令人生畏的面孔。”

“好，别说了，这几乎是道格拉斯本人的写照了。”福尔摩斯说道，“道格拉斯正好是五十多岁，须发灰白，身高也是这样。你还得到什么情况了？”

“他穿一身厚重的灰衣服和一件双排扣夹克，披一件黄色短大衣，戴一顶便帽。”

“关于那支火枪有什么情况？”

“这支火枪不到两英尺长，完全可以放到他的手提箱里。他也可以毫不费力地把它放在大衣里，带在身上。”

“你认为这些情况同这件案子有什么关系呢？”

“噢，福尔摩斯先生，”麦克唐纳说道，“你可以相信，我听到这些情况以后，不到五分钟就发出了电报。等我们捉到了这个人，我们就可以更好地判断了。不过，恰恰在这件案子停滞不前时，我们肯定是前进了一大步。我们知道一个自称哈格雷夫的美国人两天前来到坦布里奇韦尔斯，随身携带一辆自行车和一个手提箱，箱子里装的是一支截短了的火枪，所以他是蓄意来进行犯罪活动的。昨天早晨他把火枪藏在大衣里，骑着自行车来到这个地方。据我们所知，谁也没看到他来。不过他到庄园大门口用不着经过村子，而且路上骑自行车的人也很多。大概他当时马上把自行车藏到了月桂树丛里（人们后来就是在这里找到那辆自行车的），也可能他自己就潜伏在这里，注视着庄园的动静，等候道格拉斯先生走出来。在我们看来，在室内使用火枪这种武器是件怪事。不过，他本来是打算在室外使用的。火枪在室外有一个很明显的好处，因为它不会打不中，而且在英国这个爱好射击运动的人聚居的地方，枪声是很平常的，不会引起人们特别注意的。”

“这一切都很清楚了！”福尔摩斯说道。

“可是，道格拉斯先生没有出来。凶手下一步怎么办呢？他丢下自行车，在黄昏时走近庄园。他发现吊桥是放下来的，附近一个人也没有。于是他就利用了这个机会，当然，假如有人碰到他，他大可以捏造一些借口。可是他没有碰到一个人。他溜进了他首先看到的那间房，并躲在窗帘后面。从那个地方，他看到吊桥已经拉起来，他知道，他离开庄园的唯一出路就是要蹚过护城河。他一直等到十一点一刻，当时道格拉斯先生和往常一样走进房来进行睡前的例行检查。他按事先预定计划射杀了道格拉斯后就逃跑了。他知道，旅馆的人会说出他的自行车特征来，这是个对他不利的线索，所以他就把自行车丢在了这里，另行设法到伦敦，或是到他预先安排好的某一安全隐身场所。福尔摩斯先生，我说得怎么样？”

“很好，麦克先生，按照目前的情况来看，你说得很好，也很清楚。这是你推理的结局。我的结论是：案发的时间比我听说的要早半小时；道格拉斯夫人和巴克两个人合谋隐瞒了一些情况；他们帮助凶手逃跑了，或者至少是在他们进屋以后凶手才逃走的；他们还伪造凶手从窗口逃跑的迹象，而十有八九是他们自己放下吊桥，让凶手逃走的。这是我对案子前一半情况的判断。”

这两个侦探都摇了摇头。

“好，福尔摩斯先生，假如这是真的，那我们就愈发觉得莫名其妙了。”麦克唐纳警长说道。

“而且更加难于理解了，”怀特·梅森补充道，“道格拉斯夫人一生中从未到过美洲。她怎么可能和一个美洲来的凶手有瓜葛，并庇护这个凶手呢?”

“我承认存在这些疑问,”福尔摩斯说道,“我打算今天晚上亲自去调查一下,也可能会发现一些有助于破案的情况。”

“福尔摩斯先生,我们能帮你的忙吗?”

“不,不用!我需要的很简单。只要天色漆黑再加上华生医生的雨伞就行了。还有埃姆斯,这个忠实的埃姆斯,毫无疑问,他会破例给我些方便的。我的一切思路始终萦绕着一个基本问题:为什么一个像运动员般体格健壮的人锻炼身体会这么不合情理地使用单只哑铃?”

半夜的时候,福尔摩斯才独自调查回来。我们住的是双人间,这已经是这家乡村小旅馆最好的房间了。那时我已入睡,他进门时才把我惊醒。

“哦,福尔摩斯,”我喃喃地说道,“你发现什么新情况了吗?”

他手里拿着蜡烛,站在我身边,默默不语,然后他那高大而瘦削的身影向我俯过来。

“我说,华生,”他低声说道,“你现在和一个精神失常的人,一个头脑失去控制的白痴,睡在同一个屋子里,不觉得害怕吗?”

“一点儿也不怕。”我吃惊地回答道。

“啊,运气还不错。”他说道,这一夜他就再也没有说过一句话。

七　谜底

第二天吃过早饭，我们到当地警察局去，看见麦克唐纳警长和怀特·梅森正在警官的小会客室里密商着某事。他们面前的办公桌上堆着许多书信和电报，他们正在仔细地整理和摘录，有三份已经放在一边了。

“还在追踪那个难以捉摸的骑自行车的人吗?”福尔摩斯高兴地问道，“关于这个暴徒有什么最新消息?”

麦克唐纳沮丧地指了指他那一大堆信件，说道：“目前从莱斯特、诺丁汉、南安普敦、德比、东哈姆、里士满和其他十四个地方都来了关于他的报告。其中东哈姆、莱斯特和利物浦三处有对他明显不利的情况。因此，他实际上已经受到注意了。不过好像全国到处都有穿黄大衣的亡命徒似的。”

“哎!”福尔摩斯同情地说道，“现在，麦克先生，还有你，怀特·梅森先生，我愿意向你们提出一个忠告。当我和你们开始一起研究这件案子时，你们一定还记得，我曾经提出过条件：我不会对你们发表未经充分证实的见解；我要保留并制订出我自己的计划，直到我认为它们是正确的，而且能使我自己满意为止。因此，眼下我还是不想告诉你们我的全部想法。然而，另一方面，我说过我对你们一定要光明磊落，如果我眼看着你们把精力白白浪费在毫无益处的工作上，那就是我的不是了。所以今天早晨我要向你们提出忠告，我的忠告只有三个字：‘放弃它’。”

麦克唐纳和怀特·梅森瞪大了眼睛，惊奇地望着他们这位出名的同行。

“你认为这件案子已经没法儿办了吗?”麦克唐纳大声说道。

“我认为你们这样办这件案子是没有希望的，但我并不认为本案不能真相大白。”

“可是骑自行车的人并不是虚构的啊！我们有他的外貌特征，他的手提箱，他的自行车。这个人一定藏在什么地方了，难道我们不应当缉拿他吗?”

“不错，不错，毫无疑问，他藏在某个地方，而且我们一定要捉到他。不过我不愿让你们到东哈姆或是利物浦这些地方去浪费精力，我相信我们能找到破案的捷径。”

“你是不是对我们隐瞒了什么东西了。这可就是你的不是了，福尔摩斯先生。”麦克唐纳生气地说。

“麦克先生，你是知道我的工作方法的。但是我要在尽可能短的时间里保一下密，我只不过希望设法证实一下我想到的一切细节，这很容易做到。然后我就和你们告别，回伦敦去，并把我的成果完全留下为你们效劳。不这样做，我就太对不起你们了。因为在我的全部经历中，我还想不起来哪件案子比这件更新奇、更有趣。”

“我简直无法理解，福尔摩斯先生。昨晚我们从坦布里奇韦尔斯回来看到你的时候，你大体上还同意我们的判断。后来发生了什么事，让你对本案的看法又截然不同了呢?”

“好，既然你们问我，我不妨告诉你们。正如我对你们说过的，我昨夜在庄园里消磨了几个小时。”

“那么，又发生什么事了呢?”

“啊！现在我权且给你们一个非常一般的回答。顺便说一下，我曾经读过一篇介绍资料，它简明而又有趣，是关于这座古老庄园的。这份资料只要花一个便士就可以在本地烟酒店买到。”福尔摩斯从背心口袋里掏出一本小册子，书皮上印有这座古老庄园的粗糙的版画。

他又说道：“麦克先生，当一个人在古老环境气氛中深受感染的时候，这本小册子对调查来说是很能增添情趣的。你们不要不耐烦，因为我可以向你们保证，即使像这样一篇简短的介绍资料，也可以使人在头脑中浮现出这座古堡的昔日情景。请允许我给你们读上一段吧。‘伯尔斯通庄园是在詹姆斯一世登基后第五年，在一些古建筑物的遗址上建造起来的，它是现今残留的詹姆斯一世时代有护城河的宅邸最完美的典型……’”

“福尔摩斯先生，你别捉弄我们了。”

“啧！啧！麦克先生！我已经看出你们有些不耐烦了。好，既然你们对这个问题不太感兴趣，我就不再逐字地念了。不过我告诉你们，这里有这么一些描写，谈到一六四四年在反对查理一世的议会党人中有一个上校取得了这块宅基；谈到在英国内战期间，查理一世本人曾在这里藏了几天；最后还谈到乔治二世也到过这里。听了这些相信你们会承认这里面有许多问题都与这座古老别墅有种种的关系。”

“我不怀疑这一点，福尔摩斯先生，不过这与我们的案子毫无关系啊！”

“没有关系吗？真的没有关系吗？麦克先生，干我们这一行，一个最重要的基本功，就是眼界必须要开阔。各种概念的相互作用以及知识的间接使用始终是非常重要的。请原谅，我虽然只是一个犯罪问题专家，但总比你岁数大些，也许经验也多一些。”

“我首先承认这一点，”麦克唐纳恳切地说道，“我承认你有你的道理，可是你做起事来未免太转弯抹角了。”

“好，好，我可以把过去的历史放下不谈，回到当前的事实上来。正像我已经说过的那样，昨晚我到庄园去过。我既没有见巴克，也没有见道格拉斯夫人。我认为没有必要去打扰他们，不过我很高兴地听说，这个女人并没有形容憔悴，而且刚吃过一顿丰盛的晚餐。我专门去拜访了那位善良的埃姆斯先生，和他亲切地交谈了一阵儿后，他终于答应我，让我独自在书房里待一阵子，不让其他任何人知道。”

“什么？和那具死尸在一起！”我失声叫道。

“不，不，现在一切正常。麦克先生，有人告诉我，这种做法你当时是许可的。这间书房已恢复了原状。我在里面待了一刻钟，很有启发。”

“你做了些什么事呢?”

“噢，我并没有把这样简单的事情神秘化，我只是在寻找那只丢失了的哑铃。在我对这件案子的判断中，它始终显得很重要。我终于找到了它。”

“在哪儿找到的?”

“啊，我们已经走到真相的边缘了，待我的调查再深入一些，只是再稍微深入一些，我答应你们到时一定会把我所知道的一切和盘托出。”

“好，我们只好答应按照你自己的主张去做，”麦克唐纳说道，“不过说到你叫我们放弃这件案子……这究竟是为了什么呢?”

“理由很简单，麦克先生，因为你们首先就没有弄清楚调查对象啊!”

“我们正在调查伯尔斯通庄园约翰·道格拉斯先生的被害案。”

“对，对，你们的话不错。可是不要再劳神去搜寻那个骑自行车的神秘先生了。我向你们保证，这不会对你们有什么帮助的。”

“那么，你说我们应当做些什么呢?”

“如果你们愿意，我就详细地告诉你们应该做些什么。”

“好，我不得不说，我总觉得你的那些古怪的做法是有道理的。我一定照你的意见去办。”

“怀特·梅森先生，你呢?”

这个乡镇侦探茫然地看看这个，望望那个。福尔摩斯先生和他的侦探手法对他来说是够陌生的了。

“好吧，如果麦克唐纳警长认为可以这么做，那么我当然也一样。”怀特·梅森终于说道。

“好极了!”福尔摩斯说道，“好，那么我建议你们两位到乡间去畅快地散散步吧。有人对我说，从伯尔斯通小山边一直到威尔德，景色非常好。尽管我对这乡村不熟悉，不能向你们推荐一家饭馆，但我想你们一定能找到合适的饭馆吃午饭的。晚上，虽然疲倦了，可是却高高兴兴……”

“先生，您这个玩笑可真是开得过火了！”麦克唐纳生气地从椅子上站起来，大声叫道。

“好，好，随你们的便好了，怎么消磨这一天都可以。”福尔摩斯说道，高兴地拍了拍麦克唐纳的肩膀，“你们愿意做什么就做什么，愿意到哪里就到哪里，不过，务必在黄昏以前到这里来见我，务必准时，麦克先生。”

“这听起来还像是个头脑清醒的人说的话。”

“我所说的，都是极好的建议，可是我不会强迫你们接受。只要在我需要你们的时候你们在这里就行了。可是，现在，在我们分手以前，我需要你给巴克先生写一个便条。”

“好！”

“如果你愿意的话，那我就口述了。准备好了吗？

“‘亲爱的先生，我觉得，我们有责任排净护城河的水，希望我们能找到……’”

“这是不可能的，”麦克唐纳说道，“我已经做过调查了。”

“啧，啧，先生！写吧，请照我所说的写好了。”

“好，接着说吧。”

“‘……希望我们能找到与我们的调查有关的什么东西。我已经安排好了。明天清早工人们就来上工，把河水引走……’”

“不可能！”

“‘把河水引走，所以我想最好还是预先说明一下。’”

“现在就签个名吧，四点钟左右，派专人送去。那时我们再在这间屋里见面。在见面以前，我们可以一切自便。我可以向你们保证，调查肯定可以暂停了。”

将近黄昏时分，我们又重新聚集在一起。福尔摩斯的态度非常严肃，我满心好奇，而两个侦探显然极为不满，非常气恼。

“好吧，先生们，”我的朋友严肃地说道，“我请你们现在和我一同去把一切情况都考察一下，然后你们自己就会作出判断，我所

做的观察究竟是否能够得出结论。夜间天气很冷，我也不知道要去多长时间，所以请你们多穿一些衣服。最重要的是，我们要在天黑之前赶到现场。如果你们同意的话，我们现在就立即出发。”

庄园花园四周有栏杆围着，我们顺着花园向前走，直到一个地方，那里的栏杆有一个豁口，我们穿过豁口溜进花园。在越发昏暗的暮色中，我们随着福尔摩斯走到一片灌木丛附近，几乎就在正门和吊桥的对过儿。吊桥还没有拉起来。福尔摩斯蹲下来藏在月桂树丛后面，我们三个人照他的样子蹲下来。

“好，现在我们要干什么呢？”麦克唐纳突然问道。

“我们要耐心等待，尽量不要出声。”福尔摩斯答道。

“我们到底要在这儿干什么？我认为你应该对我们开诚布公一些！”

福尔摩斯笑了，他说道：“华生一再说我是现实生活中的剧作家，我怀有艺术家的情调，执拗地要做一次成功的演出。麦克唐纳先生，如果我们不能保证我们绝佳的演出效果，那我们这个营生就真的是单调而令人生厌了。试问，直截了当的告发，一刀见血的严峻处决，这种结案的方法能演出什么好剧呢？但敏锐的推断，精妙的埋伏，对转眼到来的事件的机智预测，以及成功地证实自己的大胆推断，难道这些不正说明了我们的营生是值得自豪和正当的吗？在现在这一时刻，你们会感受到猎人预期得手前的激动。假如一切清楚得像一份既定的时间表那样，那还有什么激动可言呢？麦克先生，我只请你们耐心一点儿，一切就会清楚了。”

“好哇，我只是希望在我们大家冻死以前，这些既值得自豪又正当的事儿可以变为现实。”这个伦敦侦探无可奈何又不失幽默地说道。

我们几个人都非常赞同这种迫切的愿望，因为我们的这场守候实在太久、太难忍了。暮色逐渐笼罩了这座狭长而又阴森的古堡，从护城河里升起一股阴冷、潮湿的寒气，使我们感到锥心刺骨的寒冷，牙齿不住地打战。大门口只有一盏灯，那间晦气的书房里有一盏固定的球形灯。四处一片漆黑，寂静无声。

“这要待多长时间啊！”麦克唐纳突然问道，“我们在守候什么呢？”

“我和你一样，也不知道要等多长时间，”福尔摩斯非常严厉地答道，“要是罪犯把他们的犯罪活动安排得像列车时刻表那样准时，那对我们大家当然是方便多了。至于我们在守候什……瞧，那就是我们要守候的东西啊！”

福尔摩斯说话的时候，书房中明亮的黄色灯光被一个来回走动的人挡得看不清了。我们隐身的月桂树丛正对着书房的窗户，相距不到一百英尺。不久，窗子吱的一声突然打开了，我们隐约地看到一个人的头和身子探出窗外，向暗处张望。他向前方注视了片刻，鬼鬼祟祟的，好像生怕有人看到。然后他向前伏下身子，我们在寂静中听到河水被搅动的轻微响声，这个人手里好像拿着什么东西在搅动护城河的水。后来他突然像渔夫捞鱼一样，捞上一个又大又圆的东西，并把它从窗子拖进去，这时灯光又被挡住了。

“马上！”福尔摩斯大声喊道，“快去！”

我们大家都站起来，四肢已经麻木了，摇摇晃晃地跟在福尔摩斯后面。他飞快地跑过桥去，用力拉响门铃。门吱的一声打开了，埃姆斯惊愕地站在门口，福尔摩斯一言不发地把他推到一边。我们大家也都随他一同冲进书房，我们所守候的那个人就在那里。

桌上的油灯重新发出刚才我们在窗外看到的光芒来。现在油灯正被塞西尔·巴克拿在手中，我们进来时，他把灯举向我们。灯光映射在他那坚强、果敢、刮得光光的脸上，他的双眼冒着怒火。

“你们这究竟是什么意思？”巴克喊道，“你们在找什么？”

福尔摩斯很快地扫视了一下四周，然后向塞在写字台底下的一个浸湿了的包裹猛扑过去。

“我找的就是这个，巴克先生，这个你刚从护城河里捞起来的，裹着哑铃的包裹。”

巴克脸上现出惊奇的神色，注视着福尔摩斯问道：“你究竟是怎么知道这些情况的？”

“这很简单，是我把它放在水里的嘛！”

“是你放进水里的？你！”

“也许我应该说‘是我重新放进水里的’。”福尔摩斯说道，

“麦克唐纳先生，你记得我提到过缺一只哑铃的事吧，我让你注意它，可是你却忙于别的事，几乎没有时间去考虑，而它本来是可以使你从中得出正确推论的。这间书房既然靠近河水，而且又丢失了一件有重量的东西，那么就不难想象，这是用来把什么别的东西加重使之沉到水中去了。这种推测至少是值得验证的。埃姆斯答应我可以留在这间书房，所以说，我在埃姆斯的帮助下，用华生医生雨伞的伞柄，昨晚已经把这个包裹钩了出来，而且检查了一番。

“然而，最重要的是，我们必须要证实是谁把它放到水中去的。于是，我们便宣称要在明天抽干护城河的水。当然，这就会使得那个隐匿这个包裹的人一定要取回它来，而这只有在黑夜里才能去做。我们至少有四个人亲眼看到是谁趁机抢先打捞包裹的。巴克先生，我想，现在该由你来讲讲了。”

福尔摩斯把这个湿包裹放在桌上油灯旁边，打开捆着的绳索，从里面取出一只哑铃来，放到墙角上那一只的旁边，然后他又抽出一双长筒靴。

“你们看，这是美国式的。”福尔摩斯指着鞋尖说道。接着，他又把一柄带鞘的杀人长刀放在桌上。最后他解开一捆衣服，里面有一整套内衣裤、一双袜子、一身灰粗呢衣服，还有一件黄色短大衣。

“这些衣服，”福尔摩斯指着说，“除了这件大衣以外，都是平常的衣物，这件大衣对人很有启发。”

福尔摩斯把大衣举到灯前，继续说道：“你们看，这件大衣衬里里面，有做成这种式样的一个口袋，好像是为了有宽敞的地方去装那支截短了的猎枪。衣领上有成衣商的签条——美国维尔米萨镇的尼尔服饰用品店。我曾在一个修道院院长的藏书室里花了一个下午的时间，增长了我的知识，了解到维尔米萨是一个繁荣的小城镇，在美国一个驰名的盛产煤铁的山谷的谷口。巴克先生，我记得你同我谈起道格拉斯先生第一位夫人时，曾经谈到产煤地区的事。那么就不难由此得出推论：死者身旁卡片上的‘V. V.’两个字母，可能是代表维尔米萨山谷（Vermissa Valley），或许就是从这个山谷中派出了刺客，这个山谷可能就是我们听说的恐怖谷。这已经完全清楚了。现在，巴克先生，我好像是有点儿妨碍你来说明了。”

这个伟大的侦探解说时，塞西尔·巴克脸上的表情真可谓怪相百出：忽而气恼无比，忽而惊奇不已，忽而惊恐万状，忽而犹疑不决。最后他用带挖苦味道的反话回避福尔摩斯的话语，冷笑着说：“福尔摩斯先生，你既然知道得这么详细，最好再给我们多讲一点儿。”

“我当然能告诉你更多的情况了，巴克先生，不过还是你自己讲体面一些。”

“啊，你是这样想的吗？好，我只能告诉你，如果这里面有什么隐私的话，那也不是我的秘密，叫我说出来你是找错人了。”

“好，巴克先生，假如你采取这种态度，”麦克唐纳冷冷地说，“那我们就要先拘留你，等拿到逮捕证再逮捕你了。”

“随你们的便好了！”巴克目中无人地说。

看来从他那里再也弄不出什么来了，因为只要望一望他那刚毅冷酷的面容，就会明白，即使对他施以酷刑，也绝不会使他违背自己的心意的。然而，正在这时，一个女人的声音打破了这场僵局。原来，道格拉斯夫人正站在半开的门外听我们谈话，现在她走进了书房。

“你对我们已经很尽力了，塞西尔，”道格拉斯夫人说道，“不管这个事将来结局如何，你都已经竭尽全力了。”

“不只是很尽力，而且是过分尽力了，”夏洛克·福尔摩斯庄重地说道，“我非常同情你，太太，我坚决劝你要信任我们的司法常识，并自愿完全把警察当知心人。可能我在这方面有过失，因为你曾通过我的朋友华生医生向我转达过你有隐私要告诉我，我那时没有照你的暗示去做，不过，那时我认为你和这桩罪案有直接关系。现在我相信完全不是这么回事儿。然而，有许多问题还需要说清楚，我劝你还是请道格拉斯先生把他自己的事情给我们讲一讲。”

道格拉斯夫人听福尔摩斯这么一说，惊奇万状，不由得叫出声来。这时我们看到有一个人好像从墙里冒出来一样，正从阴暗的墙角出现并走过来，我和两个侦探也不由得惊叫了一声。

道格拉斯夫人转过身，立刻和他拥抱起来，巴克也抓住他伸过来的那只手。

“这样最好了，杰克，”他的妻子重复说道，“我相信这样最好了。”

“是的，确实这样最好，道格拉斯先生，”夏洛克·福尔摩斯说道，“我断定你会发现这样最好。”

这个人刚从黑暗的地方走到亮处，眨着昏花的眼睛站在那里望着我们。这是一张非同寻常的面孔——一双勇敢刚毅的灰色大眼睛，剪短了的灰白色胡须，突出的方下巴，嘴角浮现出幽默感来。他把我们大家细细地打量了一番。后来，使我惊讶的是，他竟向我走来，并且递给我一卷纸。

“久闻大名，”他说道，声音不完全像英国人，也不完全像美国人，不过圆润悦耳，“你是这些人中的历史学家。好，华生医生，我敢拿全部财产和你打赌，恐怕你以前从来没有得到过你手中这样的故事资料。你可以用自己的方式去描述它，不过只要你有了这些事实，你必然会让读者大众感兴趣的。我曾隐藏了两天，用白天的时光——这是在这种困难处境中所能利用的时光——把这些事写成了文字。你和你的读者大众可以随意使用这些材料。这就是恐怖谷的故事。”

“这是过去的事了，道格拉斯先生，”夏洛克·福尔摩斯心平气和地说道，“如今我们希望听你讲讲现在的事情。”

“我会告诉你们的，先生，”道格拉斯说道，“我说话的时候，可以吸烟吗？好，谢谢你，福尔摩斯先生。假如我记得不错的话，你自己也喜欢吸烟。你想想看，要是你坐了两天，明明衣袋里有烟草，却怕吸烟时烟味把你暴露了，那是一种什么滋味啊！”

道格拉斯倚着壁炉台，抽着福尔摩斯递给他的雪茄，说道：“我久闻你的大名，福尔摩斯先生，可从来没想到竟会和你相见。但在你还没有来得及读这些材料以前，”道格拉斯向我手中的纸卷点了一下头说，“你一定会说，我给你们讲的是新鲜事。”

麦克唐纳警长非常惊奇地注视着这个突然发现的人。

突然出现的道格拉斯先生

“啊，这可真把我难住了！”麦克唐纳警长终于大声说道，“假如你是伯尔斯通庄园的约翰·道格拉斯先生，那么，这两天来我们调查的死者是谁呢？还有，现在你又是从哪儿突然冒出来的呢？我看你就像玩偶匣[1]中的玩偶一样是从地板里钻出来的。”

“唉，麦克先生，”福尔摩斯不赞同地摇晃了一下食指，“你没有读过那本出色的地方志吗？上面明明写着国王查理一世避难的故事。在那年头要是没有保险的藏身之处是无法藏身的。用过的藏身之地当然还可以再用。所以我深信会在这所别墅里找到道格拉斯先生的。”

“福尔摩斯先生，你怎么捉弄我们这么长时间？”麦克唐纳生气地说道，“你让我们白白浪费了这么多时间去搜索那些你本早已知道是荒谬的事情。”

“不是一下子就清楚的，麦克先生。对这个案件的全盘见解，我也是昨夜才形成的。因为只有到今天晚上才能证实，所以我劝你和你的同事白天去休息。请问，此外我还能怎样做呢？当我从护城河里发现衣物包裹时，我立即就清楚了，我们所看到的那具死尸根本就不是约翰·道格拉斯先生，而是从坦布里奇韦尔斯来的那个骑自行车的人。不可能再有其他的结论了。所以我只有去确定约翰·道格拉斯先生本人可能会在什么地方，而最可能的是，在他的妻子和朋友的帮助下，他隐藏在别墅内对一个逃亡者最适宜的地方，等待能够逃跑的最稳妥的时机。”

“好，你推断得很对，”道格拉斯先生赞许地说道，“我本来想，我已经从你们英国的法律下逃脱了，因为我不相信我能够忍受英国法律的裁决，而且我有了一劳永逸地摆脱追踪我的那些猎狗们的机会。不过，由始至终，我没有做过亏心事，而且我做过的事也没有什么不能再做的。但是，我把我的故事讲给你们听，由你们自己去裁决好了。警长先生，你不用费心警告我，我绝不会在真理面前退缩的。

---

① 一种玩具，揭开盖子即有玩偶跳起。——译者注

“我不打算从头开始。一切都在这上面写着，”道格拉斯指着我手中的纸卷说道，“你们可以看到无数怪诞无稽的奇事，这都归结为一点：有些人出于多种原因和我结怨，而且就是倾家荡产也要整死我。只要我活着，他们也活着，世界上就没有我的安全容身之地。他们从芝加哥到加利福尼亚一路追杀我，终于把我赶出了美国。我结婚以后，选择在这样一个宁静的地方安家，本想可以安安稳稳地度过晚年了。”

“我一直没有向我的妻子讲过这些事。我何必要把她拖进来呢？如果她知道了，那么，她就不会再有安静的时候了，而且一定会经常惊恐不安的。我想她已经知道一些情况了，因为我可能有时无意中会露出一两句来。不过，直到昨天，在你们这些先生们看到她以后，她还不知道事情的真相。她把她所知道的一切情况都告诉了你们，巴克也是这样，因为发生这件案子的那天晚上，时间太仓促，我来不及向他们细讲。现在她才知道这些事，如果我够聪明的话，就应该早些告诉她。不过这是一个难题啊，亲爱的，”道格拉斯握了握妻子的手，“现在我做得很好吧。”

“好，先生们，事情发生的前一天，我到坦布里奇韦尔斯去，在街上一眼瞥见一个人。虽然只一瞥，可是我对这类事眼力很敏锐，并且非常确信他的身份。这正是我所有仇敌中最凶恶的一个——这些年来他一直像饿狼追赶驯鹿一样不放过我。我知道麻烦来了。于是，我回到家里做了准备。我想我自己完全可以对付。一八七六年，有一个时期，我的运气非常好，这在美国是人所共知的，我毫不怀疑，好运气仍然和我同在。

“第二天一整天我都在戒备着，也没有到花园里去。这样会好一些，不然的话，在我接近他以前，他就会抢先掏出那支截短了的火枪朝我射来。晚上吊桥拉起来以后，我的心情平静了许多，不再想这件事了。我万万没料到他会钻进书房来等候我。可是当我穿着睡衣照着习惯进行巡视的时候，还没走进书房，我就发觉有危险了。我想，当一个人遇到生命危险的时候——在我一生中就有过数不清的危险——第六感就会发出警告。我很清楚地看到了这种信号，可是我说不出为什么。霎时我发现窗帘下露出一双长筒靴，我就完全清楚是怎么回事儿了。

“这时我手中只有一支蜡烛，但房门开着，大厅的灯光很清楚地照进来。我放下蜡烛，跳过去把我放在壁炉台上的铁锤抓到手中。这时他扑到我面前，我只见刀光一闪，便用铁锤向他砸过去。我打中了他，因为那把刀子当啷一声掉到地上了。他像一条鳝鱼一样很快绕着桌子跑开，随即，他从衣服里掏出枪来。我听到他把机头打开的声音，但他还没来得及开枪，就被我死死抓住了枪管，我们互相争夺了一分钟左右。对他来说松手丢了枪就等于丢了命。

“他没有丢下枪，但他始终让枪托朝下。也许是我碰响了扳机，也许是我们抢夺时震动了扳机，不管怎样，反正两筒枪弹都射在他脸上，我终于看出这是特德·鲍德温。我在坦布里奇韦尔斯看出是他，在他向我扑过来时又一次看出是他，可是照我看他那时的样子，恐怕连他的母亲也认不出他来了。我过去对大打出手已经习惯了，可是一见他这副尊容还是不免作呕。

“巴克匆忙赶来时，我正倚靠在桌边。我听到我妻子也走来了，赶忙跑到门口去阻拦她，因为这种惨相绝不能让一个女人看见。我答应马上到她那里去。我对巴克只讲了一两句，他一眼就看明白了，于是我们就等着其余的人随后来到，可是没有听到来人的动静。于是我们料定他们什么也没有听见，刚才这一切只有我们三个人知道。

“这时我不禁想起了一个主意，我简直为这主意的高明而感到飘飘然了。因为这个人的袖子卷着，他的臂膀上露出一个会党的标记。请瞧瞧这里。”

道格拉斯卷起他自己的衣袖，让我们看一个烙印——褐色圆圈里面套着个三角形，正像我们在死者身上看到的一模一样。

“就是瞧见这个标记我才灵机一动的，我似乎转眼就明白了一切。他的身材、头发、体形都和我一模一样。再没有人能认出他的面目了，可怜的恶魔！我把他这身衣服扒下来，并且和巴克只用了一刻钟就把我的睡衣给死者穿好，而死者就像你们看到的那样躺在地上。我们把他的所有东西打成一个包裹，用当时仅能找到的重物使它加重，然后把它从窗户扔出去。他本来打算放在我尸体上的卡片，被我放在了他自己的尸体旁边。

“我又把我的几个戒指也戴到他的手指上，不过至于结婚戒指，”道格拉斯伸出他那只肌肉发达的手来，说道，“你们自己可以看到我戴得紧极了。从我结婚时起，我就没有动过它，要想取下它除非用锉刀才行。总之我不知道当时是否想到把它锉下来，即使当时想这么做也是办不到的。所以只好让这件小事儿由它去了。另一方面，我拿来一小块儿橡皮膏贴在死者脸上，那时我自己在那个位置正贴着一块儿。福尔摩斯先生，这地方你却疏忽了。像你这样聪明的人，如果你当时碰巧揭开这块儿橡皮膏，你就会发现下面没有伤痕。

“好，这就是那时的情况。假如我能够躲上一阵子，然后再和我的‘孀妇’妻子一同离开这里，我们就有机会平安地度过余生了。只要我活在世上，这些恶魔们就一定不会让我得到安宁的；可是如果他们在报上看到鲍德温暗杀得手的消息，那么，我的一切麻烦也就结束了。我没有时间对巴克和我的妻子说明白，不过他们很是心领神会，完全能帮助我。我很清楚别墅中的藏身之处，埃姆斯也知道，可是他万万想不到这个藏身之地会和这件事发生关系。我藏进那个密室里，其余的事就由巴克去做了。

“我想你们自己已能补充说明巴克所做的事。他打开窗户，把鞋印留在窗台上，造成凶手越窗逃跑的假象。这当然是困难的事，可是吊桥已经拉起，没有别的道路可以逃走了。直到把一切都安排就绪后，他才拼命拉起铃来。以后发生的事，你们都知道了。就这样，先生们，你们要怎么办就怎么办吧。可是我已经把真相告诉你们了，千真万确。上帝啊！现在我想知道的是，英国法律会如何处理我？”

大家都默不作声。夏洛克·福尔摩斯打破了沉寂，说道：“英国的法律，基本上是公正的。你不会受冤枉的刑罚的。可是我要问你，这个人是怎么知道你住在这儿的？他是怎样进入你的书房，又是藏在哪里想暗害你的呢？”

“这我就不知道了。”

福尔摩斯的面容非常苍白而严肃。

“恐怕这件事还不算完呢，”福尔摩斯说道，“你会发现还有比英国刑罚更大的危险，甚至也比你那些从美国来的仇敌更危险。道格拉斯先生，我看你面前还有麻烦事儿。你要记住我的忠告，继续小心戒备才是。”

现在，请读者不要厌倦，暂时随我一起远离这萨塞克斯的伯尔斯通庄园，远离这个叫作约翰·道格拉斯的人，也远离这件怪事发生的这一年。

我希望你们在时间上退回二十年前，在地点上向西方远渡几千里远，做一次远游。那么，我就可以在你们面前展陈一桩稀奇古怪、骇人听闻的故事，即使是我讲给你们听，即使它是确凿的事实，你们还是会觉得难以相信。

不要以为我在一案未了以前，又会介绍另一件案子。你们读下去就会发现并非如此。在我详细讲完这些年代久远的案件以后，在你们解开了过去的哑谜之时，我们还会在贝克街这座宅子里再一次见面，在那里，这件案子会像其他许多奇异案件一样，都有它的结局。

第二部　死酷党人

一 此人

一八七五年二月四日，天气严寒，吉尔默敦山峡谷中积满深雪。然而，由于开动了蒸汽扫雪机，铁路依然畅通无阻，联结煤矿和铁工区这条漫长线路的夜车，迟缓地从斯塔格维尔平原响声隆隆地爬上陡峭的斜坡，向维尔米萨谷口的中心区维尔米萨镇驶去。火车行驶到这里，向下驶去，经巴顿支路、赫尔姆代尔，到农产丰富的默顿县。这是单轨铁路，不过每条侧线上无数列满载着煤和铁矿石的货车，都说明了矿藏的丰富。这丰富的矿藏使得美国这个最荒凉的角落迁来了许多粗野的人，生活也开始沸腾起来了。

以前，这里是荒芜不毛之地。第一批到这里进行详细考察的开拓者怎么也不会想到美景如画的大草原和水草繁茂的牧场，竟比不上这遍布黑岩石和茂密森林的荒凉土地。山坡上是遮天蔽日的黑压压的密林，再往上是高耸的光秃秃的山顶，皑皑白雪和锯状岩石屹立两侧。经过蜿蜒曲折的山谷，这列火车正在向上缓缓地蠕动着。

前面的客车刚刚点起了油灯，一节简陋的长车厢里坐着二三十个人，其中大多数是工人，他们刚刚在深谷底部劳累了一整天。至少有十几个人，从他们积满尘垢的面孔以及他们携带的安全灯来看，显然是矿工。他们坐在一起吸烟，低声交谈，偶尔瞥视车厢对面坐的两个人一眼，那两个人身穿制服，佩戴徽章，显然他们是警察。

客车厢里其余的旅客中，有几个劳动阶层的女人，有一两个旅客可能是当地的小业主，除此以外，还有一个年轻人独自坐在车厢一角。因为和我们的故事有关的正是这一位，所以值得详细交代一下。

这个年轻人气宇轩昂，中等身材，有三十岁左右。一双富于幽默感的灰色大眼睛，不时好奇地眨动着，透过眼镜打量着周围的人们。不难看出他是一个善于交际、性情坦率的人，热衷于和一切人交朋友。任何人都可以立即发现他那善于交际的脾气和爱说话的性格，他颇为机智，并且经常面带微笑。但如果有人细细地对其进行观察，就可以从他的双唇和嘴角看出刚毅果断、坚韧不拔的神色来，知道这是一个思想深沉的人。这个快活的褐色头发的年轻的爱尔兰人一定会在他进入的社会中好歹使自己混出个名堂。

这个年轻人和坐得离他最近的一个矿工搭了一两句话，但是对方话语很少又很粗鲁，话不投机，他便默不作声了，只是抑郁不快地凝视着窗外逐渐暗淡下去的景色。

这种景色不能令人感到愉悦。天色渐渐变暗，山坡上闪着炉火的红光，矿渣和炉渣堆积如山，隐隐呈现在山坡两侧，煤矿的竖井耸立其上。沿线到处是零零落落的低矮木屋，窗口灯光闪烁，隐约现出其轮廓来。不时显现的停车站挤满了皮肤黝黑的乘客。

维尔米萨区盛产煤铁的山谷，不是有闲阶层和有文化的人们经常来往的地方。这儿到处是为生存而进行最原始搏斗的严峻痕迹，随处可见的是原始的粗笨劳动和从事这些劳动的粗野健壮的工人。

这个年轻的旅客眺望着这小城镇的凄凉景象，脸上现出不快和好奇的神情，说明这地方对他来说还很陌生。他不时从口袋中掏出一封信来，看看它，在信的空白处潦草地写下一些字。有一次他从身后掏出一样东西，很难让人相信这是像他那样温文尔雅的人所有的。那是一支最大号的海军用左轮手枪。在他把手枪侧向灯光时，弹轮上的铜弹闪闪发光，表明枪内装满了子弹。他很快把枪放回口袋里，但已被一个邻座的工人看到了。

“喂，老兄，”这个工人说道，“你好像有所戒备啊！”

年轻人不自然地笑了笑。

“是啊，”他说道，“在我来的那地方，有时我们需要用它。”

“那是什么地方呢？”

“我刚从芝加哥来。”

“你对这个地方还不熟悉吧？”

“是的。”

“你会发现在这里也用得着它。”这个工人说道。

“啊！果真吗？”年轻人似乎很关心地问道。

“你没听说这附近出过事吗？”

“没有听到有什么不正常的事。”

“嗨！这里出的事多极了，用不了多久你就会听个够的。你为啥事到这里来的？”

“我听说在这里愿意干活儿的人总是能找得到活儿干。”

“你是工会里的人吗？”

“当然了。”

“我想，那你也会有活儿干的。你有朋友吗？”

“还没有，不过我有办法能交到朋友。”

“怎么个交法呢？”

“我是自由人会的会员，没有一个城镇没有它的分会，只要有分会我就能交到朋友。”

这一席话对对方产生了异常作用，那个工人疑虑地向车上其他人扫视了一眼，看到矿工们仍在低声交谈，两个警察正在打盹儿。他走过来，紧挨年轻旅客坐下，伸出手来，说道：“把手伸过来。”

两个人握了握手对暗号。

“我看出你说的是真话。不过还是要弄清楚些好。”

他举起右手，放到他的右眉边。年轻人立刻举起左手，放到左眉边。

“黑夜是不愉快的。”这个工人说道。

“对旅行的异乡人来说，黑夜是不愉快的。”另一个人回答说。

“太好了。我是维尔米萨山谷第三百四十一分会的兄弟斯坎伦。很高兴在此地见到你。”

“谢谢你。我是芝加哥第二十九分会的约翰·麦克默多兄弟。身主 J. H. 斯科特。不过我很幸运，这么快就遇到了一个弟兄。”

“好，附近有我们很多人。你会看到，在维尔米萨山谷，本会势力强大，这是美国其他任何地方都比不上的。可是我们要有许多像你这样的小伙子才成。我真不明白像你这样生气勃勃的工会会员，怎么在芝加哥会找不到工作。”

“我找到过很多工作呢。”麦克默多说道。

“那你为什么要离开呢?”

麦克默多向警察那面点头示意并且笑了笑，说道：“我想这些家伙知道了会很高兴的。”

斯坎伦同情地哼了一声。“有什么麻烦事儿吗?”他低声问道。

“很麻烦。”

“是犯罪行为吗?”

“还有其他方面的。”

“不是杀人吧?”

“谈这样的事还太早，”麦克默多说道，显出因说过了头而吃惊的样子，“我离开芝加哥有我自己的充分理由，你就不要多管了。你是什么人？怎么可以对这种事问个不休呢?”

麦克默多灰色的双眸透过眼镜突然露出气愤的凶光。

“好了，老兄。没有冒犯的意思，不要见怪。人们不会以为你做过什么坏事的。你现在要到哪儿去?”

“到维尔米萨。”

“第三站就到了。你准备住在哪里?”

麦克默多掏出一个信封来，把它凑近昏暗的油灯旁。

“这就是地址——谢里登街，雅各布·沙夫特。这是我在芝加哥认识的一个人介绍给我的一家公寓。”

“噢，我不知道这个公寓，我对维尔米萨不太熟悉。我住在霍布森领地，现在就要到了。不过，在我们分手以前，我要奉告你一句话。如果你在维尔米萨遇到困难，你就直接到工会去找首领麦金蒂。他是维尔米萨分会的身主，在此地，没有布莱克·杰克·麦金蒂的许可，是不会出什么事的。再见，老弟，或许我们某一天晚上会在分会里见面。不过请记住我的话：如果你一旦遇到困难，就去找首领麦金蒂。”

斯坎伦下车了，麦克默多又重新陷入沉思。现在天已完全黑了，黑暗中高炉喷出的火焰在嘶叫着、跳跃着，闪着光芒。在红光的映照下，一些黑色的身影在随着起重机或卷扬机的动作，和着铿锵声与轰鸣声的旋律，弯腰、用力、扭动、转身。

“我想地狱一定是这个样子。”有人说道。

麦克默多转过身来，看到一个警察动了动身子，望着外面炉火映红的荒原。

“就这一点来说，”另一个警察说道，“我认为地狱一定像这个样子，我不认为，那里的魔鬼会比我们知道的更坏。年轻人，我想你刚到这地方吧？”

“嗯，我刚到这里又怎么样？”麦克默多粗暴无礼地答道。

“是这样，先生，我劝你选择朋友要小心谨慎些。我要是你，我不会一开头就和迈克·斯坎伦或他那一帮人交朋友。”

“我和谁交朋友，这干你屁事！”麦克默多厉声说道。他的声音惊动了车厢内所有的人，大家都扭过头来看他们争吵。“我请你劝告我了吗？还是你认为我是个笨蛋，不听你的劝告就寸步难行？有人跟你说话你再张口，我要是你呀，嗨！还是靠边儿待会儿吧！”

他把脸冲向警察，咬牙切齿，像一只狺狺狂吠的狗。

这两个老练、温厚的警察对他们这种友好的表示竟遭到这么强烈的拒绝，不免都大吃一惊。

“请不要见怪！先生，”一个警察说道，“看样子，你是初到此地的。我们对你提出警告，也是为了你好嘛！”

“我虽是初到此地，可是我对你们这一类货色却并不生疏，”麦克默多无情地怒声道，“我看你们这些人是天下乌鸦一般黑，收起你们的规劝吧，没有人需要它！”

“我们不久就要再会的，”一个警察冷笑着说道，“我要是法官的话，我敢说你可真是百里挑一的好东西了。”

“我也这样想，”另一个警察说，“我想我们还会再见的。”

“我不怕你们，你们也休想吓唬我。”麦克默多大声说道，“我的名字叫杰克·麦克默多，知道吗？你们要找我的话，可以到维尔米萨谢里登街的雅各布·沙夫特公寓去找，我绝不会躲避你们的，不管白天晚上，我都敢见你们这一类家伙。你们别把这弄错了！”

新来的人这种大胆的行动引起了矿工们的同情和称赞，他们低声议论着。两个警察无可奈何地耸耸肩，又接着互相交谈起来。

几分钟以后，火车开进一个灯光暗淡的车站。这里有一片旷地，维尔米萨是这一条铁路线上最大的城镇。麦克默多提起皮革旅行包，正准备向暗处走去，这时一个矿工走上前和他攀谈起来。

“哦，老兄，你懂得怎样对这些警察讲话，”他敬佩地说，“听你讲话，真叫人痛快。我来给你拿旅行包，给你领路。我回家的路上正好经过沙夫特公寓。”

他们从月台走过来时，其他的矿工都友好地齐声向麦克默多道晚安。所以，尽管还没立足此地，麦克默多这个捣乱分子已名满维尔米萨了。

乡村是恐怖的地方，可是从某种程度上来说，城镇更加令人感到沉闷。但在这个狭长的山谷，至少有一种阴沉的壮观之感，烈焰映天，烟云变幻。那些有力气和勤劳的人在这里创造了当之无愧的不朽业绩，这些小山都是那些人在巨大的坑道旁堆积而成的。但这个城镇显得丑陋和肮脏，来往的车辆把宽阔的大街轧出许多泥泞不堪的车辙。人行道狭窄而崎岖难行，许多煤气灯仅仅照亮一排木板房，每座房屋都有临街的阳台，既杂乱又肮脏。

麦克默多和那名矿工一起来到镇中心，一排店铺灯光明亮，那些酒馆、赌场更是灯火辉煌，矿工们则在那里大手大脚地挥霍着他们用血汗挣来的钱。

“这就是工会，”这个向导指着一家高大而像旅社的酒馆说道，“杰克·麦金蒂是这里的首领。”

“他是一个怎样的人？”麦克默多问道。

“怎么！你过去没听说过首领的大名吗？”

“你知道我对此地很陌生，我怎么会听说过他呢？”

“噢，我以为工会里的人都知道他的名字呢。他的名字经常登报呢！”

“为什么呢？”

“啊，”这个矿工放低了声音，“出了些事呗。”

“什么事？”

“天哪，先生，我说句不怕你见怪的话，你可真是个怪人，在此地你只会听到一类事，那就是死酷党人的事。”

“为什么，我好像在芝加哥听说过死酷党人。是一伙杀人凶手，是不是？”

“嘘，别说了！千万别说了！”这个矿工惶惑不安地站在那里，惊讶地注视着他的同伴说道，“伙计，要是你像这样在大街上乱讲话，那你在此地就活不了多久了。许多人因为比这还小的事儿都已经送命了。”

“好，对他们的事，我什么也不知道，这仅仅是我听说的。”

“不过，我不是说你听到的不是真事。”这个人一面说，一面忐忑不安地向四周打量了一番，紧紧盯着暗处，好像怕看到什么暗藏的危险一样，“如果是凶杀的话，那么天知道，凶杀案多着呢。不过，你千万不要把这和杰克·麦金蒂的名字联系在一起。因为每个小声议论都会传到他耳里，而麦金蒂又是不肯轻易放过的。好，那就是你要找的房子，就是街后的那一座。你会发现房主老雅各布·沙夫特是本镇的一个诚实人。”

“谢谢你！”麦克默多和他的新相识握手告别时说道。他提着旅行包，步履沉重地踏上通往那所住宅的小路，走到门前，用力敲门。

门马上打开了，可是开门的人却出乎他的意料。她是一个年轻、美貌出众的德国模样的女子，玉肤冰肌，发色金黄，一双美丽乌黑的大眼睛惊奇地打量着来客，白嫩的脸儿娇羞得泛出红晕。在门口明亮的街灯下，麦克默多觉得好像从来没有见过这样美丽的丰姿；她与周围污秽阴暗的环境形成鲜明的对照，显得更加动人。即使在这些黑煤

渣堆上生出一枝紫罗兰，也不会像这个女子那样令人惊奇了。他神魂颠倒、瞠目结舌地站在那里，还是这个女子先打破了寂静。

“我还以为是父亲呢。”她娇声说道，带着点儿德国口音，“你是来找他的吗？他到镇上去了。我正盼着他回来呢。”

麦克默多仍在满心爱慕地痴望着她。在这个矜持的来访者面前，那个女子心慌意乱地低下了头。

“不是，小姐，”麦克默多终于开口说道，“我不急着找他。可是有人介绍我到你家来住。我想这很适合我，现在我更确定这很合适了。”

“你也决定得太快了。”这个女子微笑着说。

“除非是瞎子，不然谁都会这样决定的。”麦克默多答道。

这个姑娘听到赞美的话语，莞尔一笑。

“先生，请进来，”她说道，“我叫伊蒂·沙夫特，是沙夫特先生的女儿。我母亲早已去世，家务事都是由我来管理。你可以在前厅火炉旁坐下，等我父亲回来。啊，他回来了，有什么事你就和他商量吧。”

只见一位老人从小路上慢慢走过来。麦克默多三言两语向他说明了来意。在芝加哥，一个叫墨菲的人介绍他到这里来。这个地址是另一个人告诉墨菲的。老沙夫特爽快地答应让麦克默多住下来。麦克默多对房费也毫不犹豫，立刻同意了一切条件，显然他很有钱，预付了每周七美元的膳宿费。

于是这个公然自称是逃犯的麦克默多，开始住在了沙夫特家里。这最初的一步走出之后引发了无数漫长而暗淡的风波，最后在异国天涯收场。

二 身主

麦克默多很快就出了名。无论他到哪里，周围的人立刻就知道了。不到一个星期，麦克默多已经变成沙夫特公寓里一个极为重要的人物。这里有十到十二个寄宿者，不过他们或者是诚实的工头或者是商店的普通店员，与这个年轻的爱尔兰人的脾性完全不同。晚上，他们聚在一起，麦克默多总是谈笑风生，出语不凡，而且他的歌声异常动听。他是一个天生的挚友，具有使他周围的人心情舒畅的魅力。

但是他一次又一次地像在火车上那样，常常突然地就勃然大怒，使人敬而畏之。他从来不把法律和一切执法的人放在眼里，这使他的一些同宿人感到高兴，同时也使另外一些人惊恐不安。

从第一天一开始，他就做得很明显，公开对同住的人赞美说，从他看到这位房东的女儿的美丽容颜和娴雅丰姿起，她就俘获了他的心。他不是一个畏缩不前的求婚者。第二天他就向这位姑娘表诉衷情。从此以后，他总是翻来覆去地说爱她，完全不顾她会说些什么使他灰心丧气的话。

“还有什么人呢！”他大声说道，“好，让他倒霉吧！让他小心点儿吧！我能把我一生的机缘和我全部身心所向往的人让给别人吗？你可以坚持说‘不’，伊蒂！但总有一天你会说‘行’的，我还年轻，我可以等你！”

麦克默多是一个危险的求婚者，他有一张爱尔兰人能说会道的嘴巴和一套随机应变、连哄带骗的手段。他还有着丰富的经验和神秘莫测的魅力，颇能博得女人的欢心，而且最终得到了伊蒂的爱情。他谈起他的家乡莫纳亨郡那些美丽的山谷，谈到遥远的可爱的岛屿、低矮的小山和绿油油的湖边草地，从这种布满尘埃和积雪的地方去想象那里的景色，愈发使人觉得它美妙无穷。

接着他把话题转到了美国北方城市的生活。他熟悉底特律，了解密歇根州伐木区的新兴市镇，而且他还到过芝加哥，并在那里的一家锯木厂里工作过。然后他还隐晦地说到他的一些风流韵事，说到在那个大都会里遇到的奇事。这些事是那么离奇，又是那么隐秘，简直非言语所能讲述。他有时忽然若有所思地转换话题，有时话题突然中断，有时飞往一个神奇的世界，有时结局就戛然定格在这沉闷而荒凉的山谷里。伊蒂总是静静地听他讲述，她那双乌黑的大眼睛里闪现出怜悯和同情的光彩，这两种心情就这么急速而又自然地转变成了爱情。

因为麦克默多是一个受过良好教育的人，所以他找到了一个记账员的临时工作。这占去了他白天大部分的时间，于是便也无暇去向自由人分会的首领报到。一天晚上，他在火车上认识的旅伴迈克·斯坎伦来拜访他，这才提醒了麦克默多。斯坎伦个子矮小，面容瘦削，眼睛黑黑的，是一个胆小怕事的人。他很高兴又见到了麦克默多。喝了一两杯威士忌以后，斯坎伦说明了来意。

“喂，麦克默多，”斯坎伦说道，“我记得你的地址，所以就冒昧地来找你，我真奇怪，你怎么还没有去向身主报到，不去拜谒首领麦金蒂呢?”

“啊，我正在找事做，太忙了。”

“如果你没有别的事，你一定要找时间去看看他。天啊，伙计，你到这里以后，第一天早晨竟没有到工会去登记姓名，简直是疯了！要是你得罪了他，唉，你绝不要……就说到这儿吧！”

麦克默多有点儿惊奇，说道：“斯坎伦，我入会已经两年多了，还从来没听到过像这样紧急的义务呢。”

“在芝加哥或许不是这样!”

“嗯，那里也是同样的社团啊。”

“是吗?”斯坎伦久久地凝视着他，眼里闪出凶光。

“不是吗?”

“这些事你以后可以在一个月的时间里给我讲清楚。我听说我下车后你和警察争吵过。”

“你是怎么知道这些事的呢?”

“啊，在这地方，好事坏事都传得很快。”

“嗯，不错。我把我对这帮家伙的看法告诉了他们。”

“天哪，你一定会成为麦金蒂的心腹的!”

“什么?他也恨这些警察吗?”

斯坎伦迸发出一阵儿笑声。

“你去看他吧，伙计，”斯坎伦在起身告辞时对麦克默多说道，“如果你不去见他，那他就不是恨警察，而是要恨你了。现在，请你接受一个朋友的规劝，马上去见他吧!”

碰巧就在这天晚上，麦克默多遇到了一个更紧急的情况，使他不得不这样去做。也许是因为他对伊蒂的关心比以前愈加明显，也许是因为这种关心被好心的德国房东逐渐觉察出来了。无论如何，反正房东把这个年轻人招呼到了自己房中，毫不掩饰地谈到正题上来。

“先生，据我看来，”他说道，“你渐渐地爱上我的伊蒂了，是这样吗?还是我误会了?”

“是的，正是这样。”年轻人答道。

“好，现在我就对你直说吧，这是毫无用处的。在你以前，已经有人缠上她了。”

“她也对我这么说过。”

“好，你应当相信她说的是真的。不过，她告诉你这个人是谁了吗?”

“没有，我问过她，可是她不肯告诉我。”

“我想她不会告诉你的，这个小丫头。也许她不愿意把你吓跑吧。”

“吓跑?!”麦克默多一下子火冒三丈。

“啊，不错，朋友！你怕他，这也不算是什么羞耻。这个人是特德·鲍德温。”

“这个恶魔是什么人?”

“他是死酷党的一个首领。”

“死酷党！以前我听说过。这里也有死酷党，那里也有死酷党，而且总是窃窃私语！你们大家都怕什么呢？死酷党到底是些什么人呢?”

房东像每个人谈起那个恐怖组织时一样，本能地压低了声音。

“死酷党，”他说道，“就是自由人会。”

年轻人大吃一惊，说道：“为什么？我自己本身就是自由人会会员呢。”

“你！要早知道是这样，我是绝不会让你住在我这里的！即使你每星期给我一百美元，我也不干。”

“这个自由人会有什么不好呢？会章的宗旨是博爱和增进友谊啊!”

“有些地方可能是这样的。这里却不然!”

“它在这里是什么样的呢?”

“是一个暗杀组织，正是这样。”

麦克默多不相信地笑了笑，问道：“你有什么证据呢?”

“证据？这里怕没有五十桩暗杀事件做证据！像米尔曼和范肖尔斯特，还有尼科尔森一家，老海厄姆先生，小比利·詹姆斯以及其他一些人不都是证据吗？还要证据！这个山谷里难道还有人不了解死酷党吗?”

“喂!”麦克默多诚恳地说道，“我希望你收回你说的话，或是向我道歉。在我离开之前，你必须先做到其中一点。你替我设身处地想一想，我在这个镇子里是一个外乡人，我是一个社团成员，但我只知道这是一个纯洁的社团。你在全国范围内到处可以找到它，不过它总是一个纯洁的组织。现在，我正打算加入这里的组织，你却说它彻彻底底地是一个杀人的社团，叫作‘死酷党’。我认为你该向我道歉，不然的话，就请你解释明白，沙夫特先生。”

“我只能告诉你，这是全世界都知道的事，先生。自由人会的首领，就是死酷党的首领。假如你得罪了这一个，那一个就要报复你。这个我们已经不止一次地见识过了。”

“这不过是一些流言蜚语！我要的是证据！”麦克默多说道。

“假如你在这儿待久些，你自己就会找到证据的。不过我忘了你也是其中的一员了。你很快就会变得和他们一样坏。不过你可以住到别处去，先生。我不能再留你住在这里了。一个死酷党人来勾引我的伊蒂，而我不敢拒绝，这已经够糟糕了，我还能再收另一个做我的房客吗？对，真的，过了今晚，你不能再住在这里了。”

因此，麦克默多知道，他不仅要被赶出舒适的住处，而且要被迫离开他心爱的姑娘。就在这天晚上，他发现伊蒂独自一人坐在屋里，便向她倾诉了遇到的麻烦事。

“诚然，你父亲已经下了逐客令，”麦克默多说道，“但如果这仅仅是我的住处问题，那我就不会在乎了。不过，说老实话，伊蒂，虽然我认识你仅仅一个星期，你已经是我生命中不可缺少的一部分了，离开你我无法生活啊！”

“啊，别说了，麦克默多先生！别这么说！”姑娘说道，“我已经告诉过你，我没告诉过你吗？你来得太晚了。有另外一个人，即使我没有答应马上嫁给他，至少我绝不能再许配给其他人了。”

“伊蒂，我要是先向你求婚，那不就行了吗？”

姑娘双手掩着脸，呜咽地说：“天哪，如果是你先来求婚那有多好啊！”

麦克默多当即跪在她的面前，大声说道：“看在上帝的面儿上，伊蒂，那就按你刚才说的那样办吧！你难道愿意为了轻轻一诺而毁灭你我一生的幸福吗？亲爱的，就照你的心意办吧！你知道你刚才说的是什么，这比你任何允诺都要可靠啊！”

麦克默多把伊蒂雪白的小手放在自己两只健壮有力的褐色大手中，说道：“说一声你是我的吧，让我们同心合力应付一切不测。”

“我们别留在这儿了吧？”

“不，就留在这儿。”

“不，不，杰克！”麦克默多这时双手搂住她，她说道，“绝不能在这儿。你能带我远走高飞吗？”

麦克默多脸上一时现出踌躇不决的神情，可是最后还是显露出坚决果敢的神色来。

“不，还是留在这儿，”他说道，“伊蒂，我们寸步不移，我会保护你的。”

“为什么我们不一起离开呢？”

“不行，伊蒂，我不能离开这儿。”

“到底为什么呢？”

“假如我是这样被人赶走的，那我就再也抬不起头来了。再说，这儿又有什么可怕的呢？我们难道不是生活在自由国家里的自由人吗？如果我们彼此相爱，谁敢在我们中间插手呢？”

“你不了解，杰克，你来这儿的时间太短了。你还不了解这个鲍德温。你也不了解麦金蒂和他的死酷党。”

“是的，我不了解他们，可是我不怕他们，我也不相信他们！”麦克默多说道，“我在粗野的人群里混过，亲爱的，我不光是不怕他们，相反，到头来他们总是怕我——总是这样，伊蒂。乍看起来这简直是发疯！要是这些人，像你父亲说的那样，在这山谷中屡次为非作歹，大家又都知道他们的名字，那怎么没有一个人受到法律的制裁呢？请你回答我这个问题，伊蒂！”

“因为没有人敢出面作证。如果谁去作证了，他连一个月也活不了。此外他们的同党很多，总是出来作假证说被告和某案某案不沾边儿。杰克，这一切你自己肯定会看出来的！我知道美国的每家报纸对这方面都有过报道。”

“不错，我确实也看到过一些，可我总以为这都是编造出来的。也许这些人做这种事总有些原因。也许他们受了冤屈，不得已而为之吧。”

“唉，杰克，我不爱听这种话！他也是这样说的——那个人！”

“鲍德温——他也是这么说的？是吗？”

“就因为这个，我才讨厌他。啊，杰克，我现在可以告诉你实话了，我打心眼儿里讨厌他，可是又怕他。我为我自己而怕他，不过，主要是为我父亲，我才怕他的。我知道，要是我敢向他说出真心话，那我们父女俩就要遭大难了。所以我才半真半假地敷衍他。其实我们父女俩也只剩这点儿希望了。只要你能带我远走高飞，杰克，我们可以把我父亲也带上，永远摆脱这些恶人的势力。”

麦克默多脸上又显出了踌躇不决的神色，但很快就斩钉截铁地说：“你不会受到任何伤害的，伊蒂，你父亲也一样。要说恶人，只要我们俩还活着，你会发现，我比他们最凶恶的人还要凶恶呢！”

“不，不，杰克！我完全相信你。”

麦克默多苦笑道：“天啊，你对我太不了解了！亲爱的，你那纯洁的灵魂，甚至想象不出我所经历过的事。可是，喂，谁来了？”

这时门突然打开了，一个年轻的家伙以主子的架势大摇大摆地走了进来。这是一个面目清秀、衣着华丽的年轻人，年龄和体形同麦克默多差不多，戴着一顶大沿儿黑毡帽，进门连帽子也不劳神摘掉。那张漂亮的面孔，长着一双凶狠而又盛气凌人的眼睛和弯曲的鹰钩鼻子，粗暴无礼地瞪着坐在火炉旁的这对青年男女。

伊蒂马上跳起来，不知所措，惊恐不安。

“很高兴看到你，鲍德温先生，”她说道，“你来得比我想的要早一些。过来坐吧。”

鲍德温双手叉腰站在那里看着麦克默多。

“这是谁？”他粗率无礼地问道。

“鲍德温先生，这是我的朋友，新房客麦克默多先生。麦克默多先生，我可以把你介绍给鲍德温先生吗？”

两个年轻人相互敌视地点点头。

“也许伊蒂小姐已经把我们俩的事告诉你了？”鲍德温说道。

“我不知道你们俩有什么关系。”

“你不知道吗？好，现在你该明白了。我可以告诉你，这个姑娘是我的。你看今晚天气很好，散步去吧。”

“谢谢你，我没有心思去散步。”

“你不走吗？”那人一双暴眼气得冒出火来，“也许你有决斗的心思吧，房客先生？”

“这个我有，”麦克默多一跃而起，大声说道，“你这话最受欢迎不过了！”

“看在上帝的面儿上，杰克！啊，看在上帝的面儿上！”可怜的伊蒂心慌意乱地喊道，“唉，杰克，杰克，他会杀了你的！”

“啊，‘杰克’，是吗？”鲍德温咒骂道，“你们已经这样亲热了吗？是不？”

“噢，特德，理智点儿吧，仁慈点儿吧！看在我的面儿上，特德，假如你爱我，发发善心饶恕他吧！”

“我想，伊蒂，如果你让我们两个人单独留下来，我们可以解决这件事的。”麦克默多平静地说道，“要不然这样，鲍德温先生，你和我一起到街上去，今天夜色很好，附近街区有许多空旷的场地。”

“我甚至用不着脏了我的两只手，就可以干掉你，”他的敌手说道，“在我结果你以前，你会懊悔不该到这宅子里来的。”

“没有比现在更适合的时候了。”麦克默多说道。

“时间我说了算，先生。你等着瞧吧。请你看看这里！”鲍德温突然挽起袖子，指了指前臂上烙出的一个奇怪标记——一个圆圈里面套个三角形，“你知道这是什么意思吗？”

“我不知道，也不屑于知道！”

“好，你会知道的，我敢担保。你也不会活得太久了。也许伊蒂小姐能够告诉你这些事。说到你，伊蒂，你要跪着来见我，听见了吗？丫头！双膝跪下！那时我会告诉你应受怎样的惩罚。你既然种了瓜，我就要看到你自食其果！”他狂怒地瞪了他们两个一眼，接着转身离开，然后只听见大门砰的一声在他身后关上了。

麦克默多和这个姑娘一声不响地站了一会儿。然后，她伸开双臂紧紧地拥住了他。

“噢，杰克，你是多么勇敢啊！可是这没有用，你一定要逃走！今天晚上就走，杰克，今天晚上就走！这是你唯一的希望了。他一定会杀了你的。我从他那凶恶的眼睛里看出来了，你怎么能对付他们那么多人呢？再说，他们身后还有首领麦金蒂和分会的一切势力呢！”

麦克默多挣开她的双手，吻了吻她，温柔地把她扶到椅子上坐下来。

“亲爱的，请你不要为我担惊受怕，在那里，我也是自由人会的一员。我已经告诉你父亲了。也许我并不比他们那些人好多少，所以你也不要把我当圣人。或许你也会照样恨我的。现在我已经都告诉你了。”

“恨你？杰克！只要我活着，我永远都不会恨你的。我听说除了这里，在哪儿当个自由人会会员都不妨的，我怎么会因此拿你当坏人呢？可是你既然是一个自由人会会员，杰克，为什么你不去和麦金蒂交朋友呢？噢，赶快，杰克，赶快！你要先去告状，要不然，鲍德温这条疯狗不会放过你的。”

“我也这样想，”麦克默多说道，“我现在就去打点一下。你可以告诉你父亲我今晚住在这里，明早我就另找别的住处。”

麦金蒂酒馆的酒吧像往常一样挤满了人。这里是镇上一切无赖酒徒最喜爱的乐园。麦金蒂很受爱戴，因为他性情快活粗犷，但这只是一副假面具，完全掩盖了他的真面目。不过——且不说他的名望——不仅全镇的人都怕他，而且整个山谷方圆三十英里之内，以及山谷两侧山上的人没有不怕他的。就凭这个，他的酒吧里也人满为患了，因为谁也不敢怠慢他。

人们都知道他阴险毒辣，除了那些秘密势力以外，麦金蒂还是一个高级政府官员、市议会议员、路政长官，这都是那些流氓地痞为了在他手下得到庇护，才把他选进政府去的。苛捐杂税愈来愈重；社会公益事业无人管理，乃至声名狼藉；到处对查账人大加贿赂，使账目蒙混过去；正派的市民都害怕他们公开的敲诈勒索，并且都噤若寒蝉，生怕横祸临头。

就这样，一年又一年，首领麦金蒂的钻石别针变得愈来愈炫人眼目；他那豪华至极的背心下露出的金表链也愈来愈重；他在镇上开的酒馆也愈来愈大，几乎有占据市场一侧之势。

麦克默多推开了酒馆的转门，走到里面的人群中。酒馆里烟雾弥漫，酒气熏天，灯火辉煌，四面墙上是巨大而光耀炫目的镜子，在镜子的映射下，整个酒吧显得更加鲜艳夺目。一些穿短袖衬衫的侍者十分忙碌，为那些站在宽阔的金属柜台旁的游民懒汉调配饮料。

在酒馆的另一端，一个身材高大、体格健壮的人侧身倚在柜台旁，一支雪茄从他嘴角斜伸出来形成一个锐角。这不是别人，正是大名鼎鼎的麦金蒂本人。他是一个黝黑的巨人，满脸络腮胡子，一头墨黑蓬乱的头发直披到他的衣领上。他的肤色像意大利人一样黝黑，他的双眼黑沉得惊人，轻蔑地斜视着，看上去显得格外阴险。

这个人其他的一切——他体形匀称，相貌不凡，性格坦率——都符合他所假装出来的那种快活、诚实的样子。人们会说，这是一个坦率诚实的人，不管他说起话来多么粗鲁，他始终是心地诚实善良的。只有当他那双阴沉而残忍的乌黑眼睛对准一个人时，才使对方畏缩成一团，感到他面对着的是潜在的无穷灾祸，灾祸后面还隐藏着实力、胆量和狡诈，使这种灾祸显得万分致命。

麦克默多仔细地打量了他要找的人，像平常一样，满不在乎，胆气逼人地挤上前去，推开那一小堆儿阿谀奉承的人。他们正在极力谄媚那个权势极大的首领，附和他说的最平淡的笑话，捧腹大笑。年轻的来客一双威武的灰色眼睛透过眼镜无所畏惧地和那对严厉地望着他的乌黑的眼睛对视着。

“喂，年轻人。我想不起你是谁了。”

“我是新到这里的，麦金蒂先生。”

“你难道没有对一个绅士称呼他高贵头衔的习惯吗？”

“他是参议员麦金蒂先生，年轻人。”人群中一个声音说道。

“很抱歉，参议员。我不懂这地方的习惯。可是有人要我来见你。”

“噢，你是来见我的。我可是连头带脚全在这儿。你想我是怎样的一个人呢？”

“哦，现在下结论还早着呢，但愿你的心胸能像你的身体一样宏大，你的灵魂能像你的面容一样善良，那么我就别无所求了。”麦克默多说道。

“啊，你竟有这样一个爱尔兰人的妙舌。”这个酒馆的主人大声说道——不能完全肯定他究竟是在迁就这位大胆放肆的来客呢，还是在维护自己的尊严——“那你认为我的外表完全合格了？”

“当然了。”麦克默多说道。

“有人让你来见我？”

“是的。”

“是谁告诉你的？”

“是维尔米萨第三百四十一分会的斯坎伦兄弟。祝你健康，参议员先生，并为我们友好的相识而干杯。”麦克默多拿起一杯酒，翘起小拇指，把它举到嘴边，一饮而尽。

麦金蒂仔细观察着麦克默多，扬起他那浓黑的双眉。

“噢，倒很像那么回事儿，是吗？”麦金蒂说道，“我还要再仔细考查一下，你叫……”

“麦克默多。”

“再仔细考查一下，麦克默多先生，因为我们这儿绝不会不加查究地收人，也绝不完全相信人家对我们说的话。请随我到酒吧后面去一下。”

两个人走进一间小屋子，周围排满了酒桶。麦金蒂小心地关上门，坐在一个酒桶上，若有所思地咬着雪茄，一双眼睛骨碌碌地打量着对方，一言不发地坐了两分钟。

麦克默多笑眯眯地承受着麦金蒂的审视，一只手插在大衣口袋里，另一只手捻着他的褐色小胡子。麦金蒂突然弯下腰来，抽出一支样式吓人的手枪。

“喂，伙计，”麦金蒂说道，“假如我觉察出你跟我们要什么花招儿，这就是你的末日了。”

麦克默多不卑不亢地回答道：“一位自由人分会的身主这样对待一个外来弟兄，这种欢迎方式可真少见。”

“喂，我正是要你拿出身份证明来呢，”麦金蒂说道，“要是你办不到，那就别见怪了。你在哪里入会的？”

“芝加哥第二十九分会。”

“什么时间？”

“一八七二年六月二十四日。”

“身主是谁？”

“詹姆斯·H. 斯特科。”

“你们地区的议长是谁？”

“巴塞洛缪·威尔逊。”

“嗬！你倒很能言善辩呀。你在那儿干什么？”

“像你一样，做工，不过是件穷差事罢了。”

“你回答得倒挺快啊！”

“是的，我总是能对答如流。”

“你办事也快吗？”

“认识我的人都晓得我有这个名气。”

“好，我们很快就会试试你的。对于此地分会的情况，你听到了什么吗？”

“我听说它收好汉做弟兄。”

“你说的不错，麦克默多先生。你为什么要离开芝加哥呢？”

“这事儿我不能告诉你。”

麦金蒂睁大眼睛，他从未听到过这样无礼的回答，不由得感到有趣，问道：“为什么不能告诉我呢？”

“因为弟兄们对自己人是不会说谎的。”

“那么这事儿一定是不可告人的了。”

“如果你愿意，也可以这么说。”

“喂，先生，你不能指望我作为一个身主，接受一个不能说出自己的履历的人入会啊！”

麦克默多现出为难的样子，然后从内衣口袋里掏出一张剪下来的旧报纸，说道：“你不会向人泄密吧？”

“你要是再对我说这种话，我就会给你几记耳光。”麦金蒂发火道。

“你是对的，参议员先生，”麦克默多温顺地说着，“我应当向你道歉。我是无意说出来的。好，我知道在你手下很安全。请看这张剪报吧。”

麦金蒂粗略地看了一下这篇报道：一八七四年一月上旬，在芝加哥市场街莱克酒店，一个叫雅诺什·平托的人被人杀害了。

“是你干的？”麦金蒂把剪报还回去，问道。

麦克默多点点头。

“你为什么要杀死他？”

“我帮助山姆大叔[①]私铸金币。也许我的金币成色没有他的好，可是看起来也不错，而且铸起来便宜。这个叫平托的人帮我推销伪币……”

“做什么？”

“啊，就是说让伪币流通使用。后来，他说他要告密。也许他真告过密，所以我就毫不迟疑地杀了他，然后就逃到煤矿区来了。”

“为什么要逃到煤矿区来呢？”

“因为我在报上看到杀人犯在此地是不会太引人注目的。”

---

① 美国政府的绰号。——译者注

麦金蒂笑道：“你先是一个铸造伪币犯，后是一个杀人犯，你到这里来，是因为你觉得在这儿会受到欢迎吧。”

“大体就是这么回事儿。”麦克默多答道。

“好，我看你的确前途无量。喂，你还能铸伪币吗?”

麦克默多从衣袋里掏出六个金币来，说道：“这就不是费城铸币厂制造的。”

“不见得吧!”麦金蒂伸出猩猩爪子一样毛茸茸的大手，把金币举到灯前细看，“我还真看不出有什么不同来！啊，我看你是一个大有作为的弟兄。麦克默多朋友，我们这伙里没有一两个坏汉子不成，因为我们得保护自己呀。要是我们不把推我们的人猛推回去，那我们可要马上碰壁了。”

“好，我想我要和大家一起尽一份力量。”

“我看你很有胆量。我把手枪对准你时，你都毫不畏缩。”

“那时危险的并不是我。”

“那么，是谁呢?”

“是你，参议员先生。”麦克默多从他那粗呢上装口袋里掏出一支张开机头的手枪，说道，“我一直在瞄准你。我想我开起枪来是不会比你慢的。”

麦金蒂气得满脸通红，接着爆发出一阵儿大笑。

“啊!”他说道，“多年没见像你这样可怕的家伙了。我想分会一定会以你为荣的……喂，你究竟要干什么？我不能单独和一位先生谈五分钟吗？为什么你非要打扰我们呢?”

只见一个酒吧侍者惶惑地站在那里，报告说：“很抱歉，参议员先生。不过特德·鲍德温先生说他一定要在此刻见你。”

其实已用不着侍者通报了，因为这个人已经把他凶恶的面孔越过侍者的肩膀探了进来。他一把推出侍者，把门关上。

“这么说，”他怒视了麦克默多一眼，说道，“你倒抢先到这儿来了，是不是？参议员先生，关于这个人，我有话对你说。”

“那就在这儿当着我的面儿说吧。”麦克默多大声说道。

“我什么时候说，怎么说，全由我。”

麦金蒂拿着麦克默多铸造的伪币

“啧，啧！”麦金蒂从酒桶上跳下来说道，“这样绝对不行。鲍德温，这儿来的是个新弟兄，我们不能这样欢迎他。伸出你的手来，朋友，和他讲和吧！”

“决不！”鲍德温暴怒地说道。

“假如他认为我冲撞了他，我建议和他决斗，”麦克默多说道，“可以徒手搏斗，他要不同意徒手干，随他选择什么办法都行。参议员先生，你是身主，就请你公断吧。”

“到底是怎么回事儿呢？”

“为一个年轻姑娘。她有选择情人的自由。”

“她可以这样做吗？！”鲍德温叫道。

“既然要选的是我们分会里的两个弟兄，我说她可以这样做。”麦金蒂说道。

“啊，这就是你的公断，是不是？”

“对，是这样，特德·鲍德温，”麦金蒂恶狠狠地盯着他说道，“你还要争论吗？”

“你为了袒护一个素昧平生的人，难道要抛弃一个五年来患难与共的朋友吗？你不会一辈子都做身主的，杰克·麦金蒂，老天有眼，下一次再选举时……”

麦金蒂突然像饿虎扑食一般扑到鲍德温身上，一只手掐住鲍德温的脖子，把他推到一只酒桶上去，要不是麦克默多阻拦，麦金蒂盛怒之下准会把鲍德温扼死的。

“慢着，参议员先生！看在上帝的分儿上，别着急！”麦克默多把他拉回来。

麦金蒂松开手，鲍德温吓得奄奄一息，浑身颤抖，活像一个死里逃生的人，坐在他刚才撞着的酒桶上。

“特德·鲍德温，好多天来你就在自找这个。现在你总算满意了吧！”麦金蒂呼呼地喘着，大声叫道，“也许你以为我选不上身主，你就能取代我的地位。可是只要我是这里的首领，我就绝不会让一个人提高嗓门反对我，违抗我的公断。”

“我并没有反对你啊！”鲍德温用手抚摸着咽喉，嘟嘟哝哝地说道。

“好，那么，”麦金蒂立刻装成很高兴的样子，高声说道，“大家又都是好朋友了，这事儿就算完了。”

麦金蒂从架子上取下一瓶香槟酒来，打开瓶塞。

“现在，”麦金蒂把酒倒满三只高脚杯，继续说道，“让我们大家为和好而干杯。从今以后，你们要明白，我们不能互相记仇。现在，我的好朋友，特德·鲍德温，我在跟你说话呢，你还生气吗？先生。”

“阴云依然笼罩着。”

“不过即将永远光辉灿烂。”

“我发誓，但愿如此。”

他们共同饮了酒，鲍德温和麦克默多也照样客套了一番。

麦金蒂得意地搓着双手高声说道：“现在一切怨隙都消释了。你们以后都要遵守分会纪律。鲍德温兄弟，会中章法很严，你是知道的。麦克默多兄弟，你要是自找麻烦，那你很快就会倒霉的。”

“我保证，我不会轻易去找麻烦的，”麦克默多把手向鲍德温伸过去，说道，“我很容易和人争吵，但吵过很快就忘了。他们说这是我们爱尔兰人容易感情冲动。事情已经过去了，我不会记在心里的。”

因为麦金蒂正目光凶狠地瞪着他，鲍德温只好和麦克默多敷衍地握了握手。可是，他那闷闷不乐的面容显然说明：麦克默多刚才说的话，丝毫未能感动他。

麦金蒂拍了拍他们两个人的肩膀。

“唉！这些姑娘啊，这些姑娘啊！”麦金蒂大声说道，“要是我们的两个弟兄之间夹着一个这样的女人，那就该倒邪霉了。好，因为这不是一个身主所能裁断的，这个问题就由这个当事的佳人去解决吧。这样做连上帝也会赞同的。咳，没有这些女人我们已经够受的了。好吧，麦克默多兄弟，你可以加入第三百四十一分会。我们分会和芝加哥分会不同，有我们自己的规矩和方法。星期六晚上我们要开会，如果你来参加，那么我们就可以使你永远分享维尔米萨山谷的一切权利了。”

三　维尔米萨第三百四十一分会

这天晚上发生了那么多激动人心的事情，到了第二天，麦克默多便从雅各布·沙夫特老人家里搬到镇子最尽头寡妇麦克纳马拉家中去住了。他最早在火车上结交的朋友斯坎伦，不久也不约而同地搬到维尔米萨来了，两个人遂同住在一起。这里没有别的房客，女房东是一个很随和的爱尔兰老妇人，一点儿也不干涉他们的事。所以他们的言语、行动都很自由，这对于同怀隐私的这两个人来说可真是再好不过了。

沙夫特对麦克默多挺厚道的，他高兴的时候，就请麦克默多到他家吃饭，所以，麦克默多和伊蒂的来往并没有中断。恰恰相反，一星期一星期地过去，他们的来往反而更频繁、更亲密了。

麦克默多觉得他的新居很安全，便把他铸造伪币的模子搬到卧室中开起工来，而在保证绝不泄密的条件下，分会中的一些弟兄们可以前来观看。在每个弟兄离开时，口袋里都会装上一些伪币，这些伪币铸造得那么精巧，使用出去从来毫不费难，而且绝无危险。麦克默多有了这项绝技，却还要屈身去做工，这在他的会友看来实在是不解之谜。可是麦克默多对每一个问到他的人都说明，如果自己没有任何明摆着的收入，那警察很快就会来盘查他的。

一个警察确实已经盯上了麦克默多。不过这件枝节小事儿，巧得很，不仅没有给这位冒险家带来丝毫损害，反而使他名声大振。自从第一天麦金蒂介绍他和弟兄们相见以后，麦克默多几乎每晚都设法到麦金蒂的酒馆里去，在那里能够更亲近地结识“哥儿们”，谁都知道，这是对那些出没此地的一伙危险人物的尊称。麦克默多刚毅果敢的性格和无所顾忌的言谈，很快就博得了全体兄弟们的喜爱。有一次，麦克默多在酒吧的一场“自由式”拳击赛中迅速而技巧熟练地打败了对手，这又赢得了这些粗野之辈极大的尊敬。然而，另一件小事儿，更是提高了麦克默多在众人中的声望。

一天晚上，人们正在欢呼畅饮，忽然门开了，走进来一个人，身穿一套朴素的蓝制服，头戴一顶煤铁矿警察的尖顶帽子。因为在矿区内到处弥漫着恐怖气息，不断发生有组织的暴行，面对这种情况，普通警察完全束手无策，于是铁路局和矿主们便招募人员组成了煤铁矿警察这一特别机构，用以弥补普通警察的不足。这个警察一进门，大家顿时安静下来，许多人好奇地看着他。不过在美国各州，警察和罪犯之间的关系是很特殊的，因此，麦金蒂站在柜台后面，对这个警察混在他的顾客中，丝毫不感到惊奇。

“今晚天气太冷了，来点儿纯威士忌，”这位警官说道，“参议员先生，我们以前没见过面吧？”

“你是新来的队长吗？”麦金蒂问道。

“不错，我们是来拜访你的，参议员先生，还有其他的首领，请你们协助我们在本镇维护法律。我的名字叫马文，是煤铁矿警察队长。”

“我们这里很好，用不着你们来维持，马文队长。”麦金蒂冷冷地说道，“我们镇上有自己的警察，用不着什么进口货。你们不过是资本家花钱雇来的爪牙，除了用棍棒或枪支来对付穷苦的老百姓之外，还能干什么？”

“好，好，我们不用争论这个，”马文警官和气地说道，“希望我们大家都能按照自己的意愿，尽到自己的责任。不过，我们的看法还不能完全一致。”他喝完了酒，转身要走，忽然眼光落到杰克·麦克默多的脸上。麦克默多正站在近处怒视着他。

“喂！喂！”马文队长上下打量了麦克默多一番，大声说道，“这里有一个老相识了。”

麦克默多从他身旁走开，说道："我从来就没有和你交过朋友，也没有和什么别的万恶的警察做过朋友。"

"相识并不总是意味着是朋友，"马文队长咧嘴笑道，"你是芝加哥的杰克·麦克默多，一点儿也不错，你不要抵赖。"

麦克默多耸了耸肩膀。

"我用不着抵赖，"麦克默多说道，"你以为我会为自己的名字感到羞愧吗?"

"不管怎样，你干了些好事!"

"你说这话究竟是什么意思?"麦克默多握紧拳头，怒吼道。

"不，不，杰克，你不用对我这么怒气冲冲的。我到这该死的煤矿以前，是芝加哥的一个警官，芝加哥的恶棍无赖，我一看就认识。"

麦克默多把脸沉下来，喝道："用不着告诉我你是芝加哥警察总局的马文!"

"正是这同一个老特迪·马文，听候您的吩咐。我们还没有忘记那里发生过枪杀雅诺什·平托的事。"

"我没有枪杀他。"

"你没有吗?没有确凿的证据是吗?好，那人一死对你可有很大好处，不然，他们早就因使用伪币罪把你逮捕入狱了。得了，我们让这些事过去吧。因为，这只有你知我知——也许我说得过头了，说了些分外的事——他们找不到对你不利的有力证据，明天芝加哥的大门就又为你敞开了。"

"我随便住在哪儿都可以。"

"喂，我给你透露了消息，可是你却像一条发怒的狗一样，也不知道谢我一声。"

"好，我想你也许是出于好意，我真应该感谢你。"麦克默多不十分恭敬地说道。

"只要你老老实实做人，我就不声张出去，"马文队长说道，"可是，苍天在上，如果以后你不走正道，那就另当别论了!祝你晚安!也祝你晚安，参议员先生。"

马文队长离开了酒吧。这事儿不久就使麦克默多成了当地的英雄，因为人们早就暗中议论过麦克默多在遥远的芝加哥的事迹了。麦克默多平常对人们的询问总是一笑置之，就好像怕人家硬给自己加上伟大的英名似的。可是现在这件事被正式证实了。酒吧里那些无业游民都向麦克默多聚拢过来，亲切地和他握手。从此以后，麦克默多在这帮人中便无所顾忌了。他酒量很大，而且不显酒意。可是，那晚要不是斯坎伦搀扶他回家，这位颇负盛誉的英雄就只好在酒吧里过夜了。

星期六晚上，麦克默多被介绍入会。他以为自己是芝加哥的老会员，不需要举行什么仪式就可以通过了。可是维尔米萨却有它引以为豪的特殊仪式，而且每一个申请入会的人都要经受这种仪式。集会是在工会楼里一间专供举行这种仪式的宽大房间里进行的，维尔米萨有六十多个人麇集在这里，但这绝不是此地的全体会员，因为山谷中还有一些他们的分会，在山谷两边的山上也还有一些分会。在干重大营生时，便互相交换人员，这样一来，一些犯罪作恶的事就可以由当地不认识的人去做了。整个煤铁矿区总共散布着不下五百名会员。

在空旷的集会厅里，人们围在一张长桌周围。旁边另一张桌子上摆满了酒瓶子和玻璃杯，一些会员已经在垂涎欲滴地望着它们。麦金蒂坐在首席，蓬乱的黑发上戴着一顶平顶黑绒帽，脖子上围着一条主教举行仪式用的圣带，看上去他仿佛是一个主持恶魔仪典的祭司。麦金蒂左右两旁是会中居于高位的人，其中就有生性凶残而面貌俊秀的特德·鲍德温。他们每个人都戴着绶带或是徽章，表明他们的职位。他们大都是中年人，其余的都是十八岁到二十五岁的青年，只要长者发出命令，他们就会心甘情愿竭尽全力地去执行。长者中许多人从面貌上可以看出是些生性凶残、无法无天的人。不过仅从那些普通成员来看，很难让人相信，这些热情坦荡的年轻人却是一伙杀人不眨眼的凶手。他们道德败坏到了极点，把干坏事的本领引以为荣，并且异常崇拜那些所谓“干得利落”的出名人物。

由于这种扭曲的性格，他们会主动去杀害那些从未得罪过他们的人；在许多情况下，还有那些素不相识的人；并把这当作勇敢而又侠义的事情。而且在作案之后，他们还互相争论到底是谁给了致命的一击，并且争相描述被害人的惨叫声和受伤后的扭曲形状，引以为乐。

起初，他们在安排做恶事时，还有点儿保密，可是在他们讲这些事时，就破例把这些罪恶行径公开了。因为法律在他们身上屡次失效，这就使他们觉得，一方面，没有一个人敢出面作证控告他们；另一方面，他们有无数随叫随到的可靠的假证人，有满仓的金银财宝可以用来聘请州内最有才干的律师做辩护人。十年来，他们为非作歹，无所顾忌，但没有一个人被定罪。而威胁着死酷党人的唯一危险，还是来自他们的受害者，因为尽管受害者寡不敌众或时常受到突然袭击，但他们可以而且有时确实给匪徒们以深刻的教训。

有人警告过麦克默多，说严峻的考验就摆在他面前，可是没有一个人告诉他是什么考验。现在他被两个面容严肃的弟兄引到外室。通过隔板墙，他可以模糊地听到里面与会者七嘴八舌讨论的声音。有一两次提到他的名字，麦克默多知道大家正在讨论他的入会问题。后来走进一个斜挎着黄绿二色肩带的内部警卫，说道：“身主有令，把他的双臂缚住，蒙住双眼领进来。”

他们三个人便将麦克默多的外衣脱下，把他右臂的衣袖卷起来，用一条绳子迅速地把他的双肘捆住。然后又把一顶厚厚的黑帽子扣到他的头上，把脸的上半部也盖住了，这样麦克默多就什么也看不见了。最后，他被引入集会厅。

罩上帽子以后，麦克默多只觉眼前一片漆黑，十分难耐。他只听到一片沙沙声和周围人们的低语声，后来透过他双耳上蒙着的东西，他又隐约模糊地听到麦金蒂的声音：“约翰·麦克默多，你是自由人会的老会员吗?”

麦克默多点头表示是的。

“你是属于芝加哥第二十九分会吗?”

麦克默多又点了点头。

“黑夜是不愉快的。”对方说道。

“是的，对旅行的异乡人来说，黑夜是不愉快的。”麦克默多答道。

“阴云密布。”

“是的，暴风雨即将来临。”

“众位弟兄们满意吗?”身主问道。

此时传来一阵儿赞同的低语声。

“兄弟，根据你的暗语和对答，我们知道你确实是自己人，”麦金蒂说道，“不过我们要让你知道在本县和外县，我们有一定的仪式，一定的责任。你准备试一试吗?”

“我准备好了。”

“你是一个坚定勇敢的人吗?”

“是的。”

“请你向前迈一大步来证明它。”

这句话说完，麦克默多感到有两个尖锐的东西直抵在双目上，这样一来，如果他向前迈步，那么就有失去双目的危险。但麦克默多依然鼓起勇气坚定地向前大步走去，心中没有任何压力，这时传来了一阵儿低低的喝彩声。

“他是一个坚定勇敢的人，”那个声音说道，“你能忍受苦痛吗?”

“像其他人一样能够。”麦克默多答道。

“试试他!”

麦克默多顿时感觉前臂一阵儿难以忍受的刺痛，他竭力不使自己叫出声来。这种突然的点击几乎使他昏厥过去，但他咬紧嘴唇，握紧双手，掩盖他的极度痛苦。

“比这再厉害些我也能忍受。”麦克默多说道。

这次他获得了一片高声的喝彩。一个初来的人能获得如此好评，这在这个分会中还是从未有过的。大家过来拍拍他的后背，接着罩在他头上的帽子也被摘掉了。他在弟兄们的一片祝贺声中，眨眨眼微笑着站在那里。

“还有最后一句话，麦克默多兄弟，”麦金蒂说道，“你既已宣誓效忠本会并保守秘密，你当然知道，对誓言的任何违背，其惩罚都是格杀勿论。”

“我知道。”麦克默多说道。

“那么你在任何情况下，都能接受身主的统领吗？”

“我接受。”

“那么我代表维尔米萨第三百四十一分会，欢迎你入会，享有本会特权，参与本会辩论。斯坎伦兄弟，你可以把酒摆在桌上，我们要为这位名不虚传的兄弟痛饮一杯！”

人们已经把外衣拿给麦克默多，在穿上外衣以前，麦克默多看了看自己的右臂，这时他的右臂仍然如针扎一样疼痛。臂上烙着一个圆圈，里面套着个三角形，烙印深而发红，像是烙铁留下的痕迹。他身旁的一两个人卷起了袖子，让他看他们自己的分会标记。

“我们大家都有这种标记，”一个人说道，“不过不是都像你这样勇敢地对待它的。”

“唉，没什么。”麦克默多说道，可是依然感到臂上火烧火燎的疼痛。

当入会仪式结束，而酒也喝光了以后，大伙儿便开始讨论会中事务。麦克默多习惯于芝加哥那种无聊的场合，便注意倾听，愈听愈感到惊奇。

“议事仪程的第一件事是，”麦金蒂说道，“读一封从默顿县第二百四十九仪分会身主温德尔那里来的信。”

亲爱的先生：

有必要消灭我们邻区雷和斯特玛施煤矿的矿主安德鲁·雷。你们应该记得去年秋季你们和警察发生纠葛，我们曾派两个弟兄去帮忙的事。请你们派两个得力的人前来，他们将由分会司库希金斯负责接待。你知道他的地址，希金斯会告诉他们在什么时间、什么地点行事。

你的朋友J. W. 温德尔

“我们有事要求借用一两个人的时候，温德尔从来没有拒绝过我们，照理我们也不能拒绝他。”麦金蒂停顿了一下，他那阴沉、恶毒的双眼向室内四下打量了一番，问道：“谁自愿前往?”

几个年轻人举起手来。身主看着他们，赞赏地笑了。

“你可以去，老虎科马克。如果你能干得像上次那样好，你就不会出差错的。还有你，威尔逊。”

“我没有手枪。”这个十几岁的孩子说道。

“你这是第一次，是不是? 好，你迟早总是要取得经验的，这是一个很好的开端。至于手枪，你会发现，它等着你呢，不然就是我弄错了。如果你们在星期一报到，时间足够了。你们回来时，一定会受到热烈欢迎。”

“这次有报酬吗?”科马克问道，他是一个体格结实、面孔黝黑、面貌狰狞的年轻人，他的凶狠残暴，让他赢得了“老虎”的绰号。

“不用担心报酬。你们仅是出于荣誉去做这件事。事成后，也许会有一点儿零头给你们的。”

“那个人究竟有什么罪呢?”年轻的威尔逊问道。

“那个人究竟有什么罪，这不是像你这样的人应当问的。他们那里已经对他作出了判决，这不关我们的事了。我们所要做的只是替他们去执行而已。他们同样也会替我们行事的。说起这个，下星期默顿分会就会有两个弟兄到我们这里来行事。”

“他们是谁呢?”一个人问道。

“你最好不要问。如果你什么也不知道，你可以作证说什么也不知道，这样就不会招来什么麻烦。不过他们是那些干起事来很利落的人。”

“还有!”特德·鲍德温叫道，“有些事该了结一下了。就在上星期，我们的三个弟兄被工头布莱克解雇了。早就应该给他教训了，他早就应该领受一下这个教训了。”

“领受什么?”麦克默多低声向邻座的人问道。

“给他一颗大号子弹完事！”那人大笑起来，高声说道，“你认为我们的办法怎样，兄弟？”

麦克默多现在已经是这个无恶不作的社团中的一分子，他的灵魂似乎已被这种犯罪氛围所同化。

“我很喜欢，”麦克默多说道，“这正是英雄用武之地啊！”

四周听到麦克默多讲话的人对此大加称赞。

“怎么回事儿？”坐在桌子那一端的黑大汉身主问道。

“先生，我们新来的弟兄，他认为我们的办法很合他的口味。”

麦克默多马上站起来说道：“我保证，尊敬的身主，如果有用人的地方，我当以能为本会出力为荣。”

大家都对此高声喝彩，好像看到了一轮朝阳从地平线上升起。可是在一些年长的会员看来，这种成长似乎是太快了点儿。

“我提议，”一个灰白胡须的老人——长得面如鹫鹰，坐在身主的旁边，这就是书记哈拉韦——说道，“虽然分会是很高兴使用麦克默多兄弟的，但他应该再等等。”

“当然，我也是这样想的，我一定遵命。”麦克默多说。

“兄弟，不久就会用到你的，”身主说，“我们已经知道你愿意为工会出力，我们也深信你在这地方会干得很出色。今晚有一件小事儿，如果你愿意的话，你可以出一臂之力。”

“我愿意等待更有价值的机会。”

“不管怎样，今晚你可以去，这可以帮助你了解我们的团体主张什么。以后我还会宣布这主张。同时，”他看了看议事仪程，说道，“我还有一两件事要在会上讲。第一点，我要问一下司库我们银行的结存情况。我们应该给吉姆·卡纳韦的寡妻发抚恤金。卡纳韦是因公殉身的，把她照顾好是我们的责任。”

“吉姆是在上个月去谋刺马利克里克的切斯特·威尔科克斯时反遭毒手的。”麦克默多邻座的人告诉他说。

“现在存款很多，”司库面前放着银行存款本，报告说，“近来这些商行很大方。马克斯·林德公司付给的五百元还没动用。沃尔克兄弟送来过一百元，可是我自己作主退还给了他们，要他们出五百元。假如星期三我还听不到回信儿，他们的卷扬机传动装置就会发生故障。去年我们烧毁了他们的轧碎机，他们才变得开通一点儿。西部煤业公司交来了年度捐献。我们手中有足够的资金去应付一切债务。”

“阿奇·斯温登怎么样?”一个弟兄问道。

“他已经变卖产业，离开本区了。这个老该死的给我们留下一张便条，上面说，他宁肯在纽约做一个自由的清道夫，也不愿在一个敲诈勒索集团的势力下面做一个大矿主，天哪！他逃走了以后，我们才接到这张便条。我想他再也不敢在这个山谷中露面了。”

这时，一个面容慈祥，长着一双浓眉，脸刮得干干净净的老年人从桌子的另一端站起来。

“司库先生，”他问道，“请问，被我们赶跑的那个人的矿产，是让谁买下了?”

“莫里斯兄弟，他的矿产被州里和默顿县铁路公司买下了。”

“去年托德曼和李氏的矿山是被谁买下的?”

“也是这家公司，莫里斯兄弟。”

“曼森铁矿、舒曼铁矿、范德尔铁矿以及阿特伍德铁矿，最近都出让了，又是让谁买去的?”

“这些铁矿都被西吉尔默顿矿业总公司买去了。”

“我不明白，莫里斯兄弟，”麦金蒂说道，“既然他们不能把矿产从这个地方带走，谁买走它们，与我们又有什么关系呢?”

“我十分敬重您，尊敬的身主，但我认为这与我们有很大的关系。这种变化过程至今已持续十年之久了。我们已经逐渐把所有的小资本家赶跑了。结果怎样呢? 我们发现代替他们的是像铁路公司或煤铁总公司这样的大公司，这些公司在纽约或费城有他们的董事，对我们的恫吓置之不理。我们虽然能赶走他们在本地的工头，但这只不过意味着他们会另派别人来代替原先的工头而已，而我们自己反而招来危险。那些小资本家对我们不会有任何危害。他们无钱无势。只要我们不过于苛刻地压榨他们，他们就可以在我们的势力范围内继续留下来。可是如果这些大公司发觉我们妨碍他们和他们的利益，他们就会不遗余力、不惜工本地设法摧毁我们并向法院控诉我们。”

听到这些不吉利的话，大家都静默了下来，神情沮丧，脸色阴沉。他们过去具有无上的权威，从未遭到过挫折，以至于他们根本不曾想到自己会得到什么报应。然而，现在就连他们中最不顾一切的人，听到莫里斯的看法也觉得扫兴。

“我奉劝各位，”莫里斯继续说道，“以后对小资本家不要太苛刻了。如果有朝一日他们全被逼走了，那么我们这个社团的势力也就被破坏啦。”

实话是不受欢迎的。莫里斯说完刚刚落座，就听到一些人在高声怒斥。麦金蒂双眉紧皱，阴郁不快地站起身来。

“莫里斯兄弟，”麦金蒂说道，“你总是到处报丧。只要我们会众齐心协力，在美国就没有任何力量能碰我们。不错，我们不是常在法庭上和人较量吗？我料想那些大公司一定会发觉，他们若像那些小公司一样向我们付款，倒比和我们斗争容易得多。现在，弟兄们，”麦金蒂说话时，取下他的平顶绒帽和圣带，“今晚会务进行完了，只有一件小事儿要在散会前再提一下。现在是兄弟们举杯痛饮、尽情欢乐的时候了。”

人类的本性确实是很奇怪的。这些人把杀人当作家常便饭，一而再、再而三毫无人性地残杀过一些家庭的家长，眼见其妻室悲啼，儿女失怙，而绝无内疚之心、恻隐之意，然而一听到优柔凄切的音乐，却也会感动得落泪。麦克默多有一副优美的男高音歌喉。如果说他以前还未获得会中弟兄的友情善意，那么在他唱“玛丽，我坐在篱垣上”和“在亚兰河两岸”时，却让他们深受感动，再也抑制不住对他的善意了。

就在这一天夜晚，这位新会员已经使自己成为弟兄中最受欢迎的一员，象征着即将晋升和获得高位。然而，要成为一个受尊敬的自由人会会员，除了这些友情以外，还需要具有另外一些品质，而这个晚上还没过去，麦克默多已经被说成是这些品质的典范了。酒过数巡，人们早已酩酊大醉，这时身主又站起来向他们讲话。

“弟兄们，”麦金蒂说道，“在镇上有一个人应当剪除，你们也知道，他是应当受到处罚的。我说的是《先驱报》的詹姆斯·斯坦格。你们不是已经看到他又在破口大骂我们了吗？”

这时室内迸发出一阵儿赞同的低语声，还有些人诅咒发誓。麦金蒂从背心口袋里拿出一张报纸来读道：

法律与秩序！

这是斯坦格给加上的标题。

煤铁矿区的恐怖统治

自首次暗杀事件发生，即示明我区存在犯罪组织，现已流逝十二载。唯自斯日始，此类暴行迄未间断。时至今日，彼等已登峰造极，竟使吾人蒙受文明世界之耻。吾国当日欢纳自欧洲专制政体下逃亡之移民，何曾预想此等结果？彼等竟欲欺凌当日赖以栖身之恩主，自作暴戾，而此等恐怖暴虐、目无法纪，竟在自由之星条旗帜圣神掩盖之下确立，顿使吾人心目中引起惊恐，犹如置身于最衰朽之东方君主国中者。彼等之名，人所共知。此组织亦公开。吾人对此容忍何日方休？吾人岂能常此生活……

“够了，这种废话我念够了！”麦金蒂把报纸扔到桌上，高声叫喊道，“这就是斯坦格关于我们的报道。我现在对你们提出的问题是，我们应该怎样处置他？”

“杀死他！”十几个人杀气腾腾地喊道。

“我反对这样做，”那个长着一双浓眉、脸刮得干干净净的莫里斯兄弟说道，“弟兄们，我告诉你们，我们在这个山谷中所实施的手段太狠了，他们出于自卫势必要联合起来消灭我们。詹姆斯·斯坦格是一个老人。他在镇上和区里都很受敬重。他发行的报纸在这个山谷中也有牢固的基础。如果这个人被我们杀害了，一定会震动全国的，最后结局只能是我们的毁灭。”

“他们怎么能毁灭我们呢？懦夫先生！”麦金蒂叫道，“用警察吗？可以肯定，一半警察是受我们雇用的，而另一半，他们害怕我们。或者用法庭和法官来对付我们？我们以前不是也见识过吗？结果又怎么样呢？”

“法官林奇可能会来审讯这件案子的。”莫里斯兄弟说道。

大家听了，都怒喊起来。

“只要我伸伸手指，”麦金蒂说道，“我就可以派两百个人到城里把他们彻底清除出去。”然后，麦金蒂双眉紧皱，突然提高了声音，“喂，莫里斯兄弟，我早就注意到你了。你自己不忠心，还要让别人离心离德。莫里斯兄弟，当你自己的名字也列入我们的议事日程时，你的黑煞日就到了。我想我应当把尊名提出来列到日程上去。”

莫里斯听后立刻面色苍白，双膝颤抖，瘫倒在椅子上，他颤巍巍地举起酒杯，喝了一口，答道：“尊敬的身主，假如我说了我不应该说的话，我向您和会中诸位弟兄道歉。你们大家都知道，我是一个忠心的会友，刚才我也是唯恐会里招来不幸，所以才说出这样忧虑的话来。可是，尊敬的身主，我相信您的裁决，绝对甚于相信我自己，我保证以后再也不敢冒犯了。”

身主听他说得这样谦卑，脸上的怒气消失了。

“很好，莫里斯兄弟。我也不愿对你加以教训。可是，只要我在首领之位，我们分会在言和行上就要统一。现在，弟兄们，”他看了看周围的弟兄，继续说道，“我还要再说一下，如果斯坦格得到他完全应受的惩罚，那我们就会招来更多的麻烦。一旦这些新闻记者串通起来，国内每一家报刊就都会向警察和军队呼吁了。不过，我认为可以给他一次相当严厉的警告。鲍德温兄弟，你来安排一下好吗？”

“当然了！”这个年轻人热烈地应道。

“你要带多少人去？”

“六个就够了，用两个人守门。高尔，你去；曼塞尔，还有你；

斯坎伦，还有你；还有威拉比兄弟二人。”

“我允许这位新来的弟兄一同去。”麦金蒂说道。

特德·鲍德温望着麦克默多，从他的眼色可以看出，他既没有忘却前嫌，也不肯宽恕。

“行，如果他愿意，他可以去，”鲍德温粗暴无礼地说道，“够了。我们动手越快越好。”

这七个人有的吵嚷着，喊叫着，有的醉醺醺地哼着小调离了席。酒吧里依然挤满欢宴的人，许多弟兄还留在那儿。这一小伙奉命执行任务的人走到街上，两三个一伙沿着人行道行进，以免引人注意。这天夜晚，天气异常寒冷，星光灿烂，一弦弯月高悬冷空。这些人走到一座高楼前停下来，聚集在院子里。明亮的玻璃窗户中间印着金色大字“维尔米萨先驱报社”，从里面传来印刷机的响声。

“你在这里，”鲍德温对麦克默多说道，“你站在楼下面，守住大门，保证我们的退路畅通。阿瑟·威拉比会和你在一起。其余的人随我来。弟兄们，不要怕，因为我们有十几个证人，可以证明我们此时正在工会的酒吧里。”

这时已将近午夜时分，街上除了一两个返家的醉汉外，别无行人。这一伙人穿过大街，推开报社大门，鲍德温一行人冲进去，跑上对面的楼梯。麦克默多和另一个人留在楼下。接着从楼上的房间里传来呼救声，然后是脚步的踩踏声、椅子的翻倒声。过了一会儿，一个鬓发灰白的人跑到楼梯平台上来。可是没跑几步，就被抓住了，他的眼镜叮当一声落在麦克默多脚旁。只听砰的响了一下，接着是一阵儿呻吟。这人面朝下倒在那里，几根棍棒一齐向他身上噼噼啪啪地打来。他翻滚抽搐着，瘦长的四肢在打击下颤抖不已。别人都停手了，可是鲍德温凶残的脸依然狞笑不止，手中的棍棒向老人头上乱击，老人徒然地努力用双手护住头，但他的白发已经被血浸湿了。鲍德温还在找被害人双手护不着的地方乱打。这时麦克默多跑上楼来，把他推开。

“你会把这个人打死的，”麦克默多说道，“住手！”

鲍德温惊讶地望着他。

麦克默多举枪阻止鲍德温

“该死的!”鲍德温叫喊道，“你是谁，敢来干涉我?你这个新入会的家伙，靠后站!”他举起了棍棒，可是麦克默多从裤子后兜中抽出了手枪。

“你自己靠后站!”麦克默多高声说道，“你敢碰我一下，我就立刻开枪。身主不是吩咐不要杀死这个人吗，但你现在这不是要杀死他是什么?”

“他说的不错。”其中有一个人说道。

“哎呀，你们最好快点儿吧!”楼下的那个人喊道，“各家窗户里都亮了灯，过不了五分钟，全镇的人都要来追捕你们了。”

这时街上果然有人喊叫，一些排字、印刷工人聚集到楼下大厅里，鼓起勇气准备行动。那些罪犯便丢下这个僵卧着的编辑，窜下楼去，飞快沿街而逃。跑到工会大厅以后，一些人混到麦金蒂酒馆的人群中，低声向首领报告，事情已经完全得手。另一些人，其中也有麦克默多，则奔到街上，从偏僻的小路各回各家去了。

四　恐怖谷

第二天早晨，麦克默多一觉醒来，回忆起入会的情形。因为酒喝多了，头有些胀痛，臂膀烙伤处也肿胀起来，隐隐作痛。他既然有特殊的收入来源，去做工也就不定时了，所以早餐都吃得很晚，而上午便留在家里给朋友写了一封长信。后来，他又翻阅了一下《每日先驱报》，只见专栏中刊载着一段报道：

先驱报社遭暴徒行凶——主笔受重伤

这是一段简要的报道，实际上麦克默多自己比记者知道得更清楚。报道的结尾说：

> 此事现已归警局办理，然断难瞩望彼等获致优于前此诸案之效果。暴徒中数人已为人知，故可望予以判处。而暴行之源则毋庸讳言为该声名狼藉之社团，彼等奴役全区居民多年，《先驱报》与彼等展开毫无妥协之斗争。斯坦格君之众多友好当喜闻下述音信，斯坦格君虽惨遭毒打，头部受伤甚重，然尚无性命之虞。

下面报道说，报社已由配有温切斯特步枪装备的煤铁矿警察队守卫。

麦克默多放下报纸，点起烟斗，但手臂由于昨晚的灼伤，不觉有些颤动。此时外面有人敲门，房东太太给他送来一封便笺，说是一个小孩儿刚刚送到的。信上没有署名，上面写着：

> 我有事要和您谈一谈，但不能到您府上来。您可在米勒山上的旗杆旁找到我。如您现在肯来，我有要事相告。

麦克默多十分惊奇地把信读了两遍，他想不出写信的人是谁，或者有什么用意。如果这是出于一个女人之手，他可以设想，这或许是某段奇遇的开端，他过去生活中对此也颇不生疏。可是这是一个男人的手笔，此人似乎还受过良好的教育。麦克默多踌躇了一会儿，最后还是决定去看个明白。

米勒山是镇中心一座荒凉的公园。夏季这里是人们常游之地，但在冬季这里却异常荒凉。从山顶上俯瞰下去，不仅可以尽览全镇污秽零乱的景象，而且还可看到蜿蜒而下的山谷；山谷两旁是疏疏落落的矿山和工厂，附近积雪已经被染污了；此外还可观赏那林木茂密的山坡和白雪覆盖的山顶。

麦克默多沿着长青树丛中蜿蜒的小径，漫步走到一家废弃的饭馆前，这里在夏季是娱乐的中心。旁边是一棵光秃秃的旗杆，旗杆下站着一个人，帽子戴得很低，大衣领子竖了起来。这个人回过头来，麦克默多认出他是莫里斯兄弟，就是昨晚惹怒身主的那个人。两人相见后，交换了会里的暗语。

“我想和你谈一谈，麦克默多先生，”老人显得进退两难，踌躇不决地说道，“难得你赏光前来。”

“你为什么不在信上署名呢?”

“不论是谁，都不得不小心谨慎啊，先生。人们不知道什么时候会招来祸事，也不知道谁是可以信任的，谁是不可信任的。”

“当然，不过可以信任会中的弟兄。”

“不，不，不一定，”莫里斯情绪激动地说道，“我们说的什么，甚至想的什么，似乎都会传到麦金蒂那里。”

“喂！”麦克默多厉声说道，“你知道，我昨晚刚刚宣誓要忠于我们的身主。你是不是要让我背叛我的誓言？”

“如果你这样想，”莫里斯满面愁容地说道，“我只能说，我很抱歉，让你白跑一趟来和我见面了。两个自由公民不能交谈心里话，这岂不是太糟糕了！”

麦克默多仔细地观察着对方，稍微解除了一点儿顾虑，说道：“当然，我说这话只是为我自己着想。你知道的，我是一个新来的人，这里的一切对我来说都是生疏的。就我来说，是没有发言权的，莫里斯先生。如果你有什么话要对我讲，我愿意洗耳恭听。”

“然后去报告首领麦金蒂！”莫里斯悲愤地说道。

“那你可真冤枉我了，”麦克默多说道，“从我自己来说，我对会党忠心耿耿，这个我已经对你直说了。可是假如我把你对我推心置腹讲的话说给别人听，那我就是一个卑鄙的小人了。不过，我要奉劝你，你不要指望得到我的帮助或者同情。”

“我并不指望求得帮助或同情，”莫里斯说道，“我对你说这些话，就已经把性命放在你手心里了。不过，虽然你够坏的了——昨晚我觉得你会变成一个最坏的人，但毕竟你还是个新手，还不像他们那样铁石心肠，这就是我想找你谈一谈的原因。”

“好，你要对我讲些什么呢？”

“如果你出卖了我，你会遭到报应的！”

“当然，我说过我绝对不会出卖你的。”

“那么，我问你，你当初在芝加哥加入自由人会，立誓要做到忠诚、博爱时，你心里想过它会把你引向犯罪的道路吗？”

“假如你把它叫作犯罪的话。”麦克默多答道。

“叫作犯罪！”莫里斯说道，他的声音激动得颤抖起来，“你已经看到一点儿犯罪事实了，你还能把它叫作别的什么?！昨天晚上，一个岁数大得足以做你父亲的老人被打得血染白发，这是不是犯罪？你除了把这叫作犯罪，还能把它叫作别的什么呢？”

“有些人会说这是一场斗争，”麦克默多说道，“是一场两个阶级之间的全力以赴的斗争，所以每一方都会尽力打击对方。”

“那么，你在芝加哥参加自由人会时，可曾想到这样的事吗？”

“没有，我必须得说没有想到过。”

“我在费城入会时，也没有想到过，只知道这是一个有益的社团和朋友们聚会的场所。后来我听人提到这个地方，我真恨死这个名字第一次传到我耳中的那一刻了，我想到这里来可以使自己生活得好一些！天啊！使自己生活得好一些！我的妻子和三个孩子随我一起来了。我在市场开了一家绸布店，颇有盈利。但我是一个自由人会会员，这件事很快就传开了。后来就像你昨晚那样，我被迫加入了当地的分会。我的胳膊上被烙下了这个耻辱的标记，心里却被打上了更加丑恶的烙印。我发觉我在受一个奸邪恶棍的指挥和控制，并陷入到了一个犯罪网络中。我该怎么办呢？我想把事情做得善良些，可是只要我一说话，他们便像昨晚那样，说我是逆贼。我在世上所有的一切，都在绸布店里，我也不能远走他方。我很清楚地知道，如果我要脱离这个社团，我一定会被谋害的，天知道我的妻子儿女会怎么样？噢，朋友，这简直可怕，太可怕了！”他双手掩面，身体不住地颤动，抽抽噎噎地啜泣起来。

麦克默多耸了耸肩，说道：“做这种事，你心肠太软了，你不适合干这样的事。”

“我的良心和信仰还没有丧失，可是他们使我成为他们这伙罪犯中间的一个。他们选中我去做一件事，如果我退缩，我很清楚，我会遭到什么样的下场。也许我是一个胆小鬼，也许是我想到我那可怜的小女人和孩子们，无论怎么说，反正我是去了。我想这件事会永远压在我心里的。

“这是山那边一所孤零零的房子，离这里有二十英里远。像你昨天那样，他们让我守住门口。干这种事，他们还不相信我。其他的人都进去了。他们出来时，双手都沾满了鲜血。正当我们要离开时，一个小孩儿从房内跑出来跟在我们后面哭叫起来。这是一个五岁的孩子，亲眼看到他的父亲遇害。我吓得几乎昏厥过去，可是我不得不装出勇敢的样子，摆出一副笑脸来。因为我很明白，如果我不这样，同样的事就要发生在我的家里，他们下次就会双手沾满鲜血从我家里出来，我的小弗雷德就要哭叫他的父亲了。

“可是我已经是一个罪人了，是一桩谋杀案的胁从犯，在这个世界上已经永远地被遗弃，在下世也难超生。我是一个善良的天主教徒。可是神父只要听说我是一个死酷党人，同样也不会为我祈祷的，我已经背弃了宗教信仰。这些就是我所经受的。我看你也正在走这条路，那么我问你，将来会有什么样的结局呢？你是准备做一个嗜血杀人犯呢，还是我们一起设法去阻止它呢？”

“你要怎样做呢？”麦克默多突然问道，“你不会去告密吧？”

“但愿不要发生这样的事！”莫里斯说道，“当然，就是这样一想，我的性命也就难保了。”

“那好，”麦克默多说道，“我想你是一个胆小的人，所以你把这件事也看得太严重了。”

“太严重！等你在这里待的时间长一些再瞧。看看这座山谷！看看这座被上百个烟囱冒出的浓烟笼罩着的山谷！我告诉你，这杀人行凶的阴云比那笼罩在人们头上的烟云还要低回、浓厚。这是一个恐怖谷，死亡谷。从早到晚，人们心里都惊惶不安。等着瞧吧，年轻人，你自己会弄清楚的。”

“好，等我了解得多了，我会把想法告诉你的。”麦克默多漫不经心地说道，“很显然，你不适合住在这里，你最好早些转售你的产业，这对你会有好处的。你对我所说的话，请放心，我不会说出去。可是，苍天在上，如果我发现你是一个告密的人，那可就……”

“不，不！”莫里斯令人同情地说道。

“好，我们就谈到这里。我一定把你的话记在心上，也可能过几天我就会给你回话。我认为你对我讲这些话是善意的。现在我要回家去了。”

“在你走之前，我还要讲一句话，”莫里斯说，“我们在一起讲话，难免被人看见。他们可能要打听我们说了些什么。”

“啊，这是该好好想想。”

“我就说我想请你到我店里做职员。”

“我就说我不答应。这就是我们到这里办的事情。好，再见，

莫里斯兄弟。祝你走运！”

就在这天下午，麦克默多坐在客厅的壁炉旁吸烟，正陷于沉思之中，门突然被撞开，首领麦金蒂高大的身影堵满了门框。他打过招呼，在这个年轻人对面坐了下来，冷静沉着地瞪了他好一阵子，麦克默多也照样瞪着他。

“我是不轻易出来拜访人的，麦克默多兄弟，”麦金蒂终于说道，“我总是忙于接待那些拜访我的人。可是，我认为我已经破例到你家来看望你了。”

“蒙您光临，我深感荣幸，参议员先生。”麦克默多亲热地答道，并从食品橱里取出一瓶威士忌来，“这份荣幸让我很是喜出望外。”

“胳膊怎么样？”身主问道。

麦克默多做了一个鬼脸，答道：“啊，我不会忘记的，可是这是有意义的。”

“对于那些忠实可靠、履行仪式、帮助会务的人来说，这是有意义的。今天早晨在米勒山附近，你对莫里斯兄弟说了些什么？”

这一问题来得如此突兀，幸好麦克默多早有准备，遂放声大笑道：“莫里斯不知道我可以在家中谋生。他也根本不会知道。因为他把我这一类人的良心估计得过高了。不过，他倒是一个好心的老家伙。他以为我没有工作，所以他说要我在他的绸布店里做职员。”

“啊，原来是为这事吗？”

“是的，就是这么件事。”

“那么你回绝了吗？”

“当然了。我在自己卧室里干四个小时，不是比在他那里挣的要多十倍吗？”

“不错。可是要是我的话，我不会和莫里斯来往太多的。”

“为什么呢？”

“我不能告诉你。这里大多数人都明白。”

“也许大多数人都明白，可是我还不明白，参议员先生。”麦克默多鲁莽地说，“如果你是一个公正的人，你就会知道的。”

这个黑大汉怒目瞪着麦克默多，他那毛茸茸的手爪一下子抓住酒杯，好像要把它猛掷在对方的头上，但后来他反倒兴高采烈、虚情假意地大笑起来。

“毫无疑问，你确实是一个怪人。”麦金蒂说道，“好，如果你一定要知道原因，那么我就告诉你。莫里斯没有向你说什么反对本会的话吗？”

“没有。”

“也没有说反对我的话吗？”

“没有。”

“啊，那是因为他还不敢相信你。可是，他已经不是一个忠心的弟兄了。我们对这一点知道得很清楚，所以一直在注意他，等待时机去警告他，我想这一时刻已经不远了。因为在我们的羊圈里是没有那些下贱绵羊的栖身之地的。可是如果你同一个不忠心的人结交，我们就会认为你也是一个不忠心的人。这你明白了吗？”

“因为我不喜欢这个人，我也没有机会和他结交。”麦克默多回答道，“至于说我不忠心，也就是出自你的口中，要是别人的话，他是不会有机会再对我说这种话的。”

“好，不要再说了，”麦金蒂把酒一饮而尽，说道，“我是及时来劝告你，你应当明白。”

“我很想知道你究竟是怎么知道我和莫里斯谈过话的。”

麦金蒂笑了一笑。

“在这个镇子里发生什么事，我都知道，”麦金蒂说，“我想你总该知道不论什么事都逃不过我的耳目的。好，时间不早了，我还要说……”

可是一个非常意外的情况打断了他告别的话。随着一下突然的撞击声，门打开了，三张坚毅的面孔正从警帽的帽檐下怒目横眉地瞪着他们。麦克默多跳起身来，刚把手枪抽出一半，他的手臂就在半空停了下来，因为他发现两支温切斯特步枪已经对准了他的头。一个身着警服的人走了进来，手中握着一支六响的左轮手枪。这人正是以前在芝加哥待过，现在是煤铁矿警察队队长的马文。他摇了摇头，皮笑肉不笑地望着麦克默多。

“芝加哥的麦克默多先生，你已经被捕了。”马文说道，“你是不能脱身的了，戴上帽子，跟我们走!”

“我认为你要为此付出代价的，马文队长。”麦金蒂说道，“我倒愿意知道，你是什么人，可以在这样的情况下，擅自闯入人家家中，骚扰一个忠实守法的人!”

“这与你无关，参议员先生。”警察队长说道，“我们并不是来追捕你，而是来追捕这个麦克默多的。你应当帮助我们，而不是妨碍我们履行职责。”

“他是我的朋友，我可以对他的行为做担保。”麦金蒂说道。

“无论从哪方面看，麦金蒂先生，近几天里，你只能为你自己的行为担保了。”警察队长答道，“麦克默多来这里以前早就是个无赖，现在仍然不安分守己。警士，把枪对准他，我来缴他的枪。”

“这是我的手枪，”麦克默多冷冰冰地说道，“马文队长，假如你我二人单独面对面地相遇，你不会这么容易捉住我的。”

“你们的拘票呢?”麦金蒂说道，“天哪！一个人住在维尔米萨竟和住在俄国一样，像你这样的人也来领导警察局！这是资本家的非法手段，我估计以后这种事会听得更多的。”

“你愿意怎么想就怎么想，参议员先生。我们该怎么办就怎么办。”

“我犯了什么罪?”麦克默多问道。

“你涉嫌在先驱报社殴打老主笔斯坦格，你没被控告谋杀，但这并不是因为你不想杀人。”

“啊，假如你们仅仅是为了这件事，”麦金蒂微笑着说道，“现在住手，你们可以省很多麻烦。这个人在我酒馆里和我一起打扑克，一直打到半夜，我可以找出十几个人来作证明。”

“那是你的事，我认为明天你可以到法庭去说。走吧，麦克默多，假如你不想脑袋被子弹射穿的话，你就老老实实地跟我们走。麦金蒂先生，你站远点儿，我警告你，在我履行职责时，决不容许有任何抵抗的。”

马文队长的神色如此坚决，以致麦克默多和他的首领不得不接受这既成的事实。在分手以前，麦金蒂借机和被捕者低声耳语道:

“那东西怎样……”他猛地伸出大拇指，暗示着铸币机。

“安排好了。”麦克默多低语说，他已经把它安放在地板下安全隐秘的处所。

“祝你一路平安，”首领和麦克默多握手告别，说道，“我会去请赖利律师，并且亲自出庭辩护。请相信我的话，他们不会扣留你的。”

“我不愿在这上面打赌。你们两个人把罪犯看好，假如他想要什么花招儿，就开枪射击。我要先把这屋子搜查一下然后再撤。”

马文队长搜查了一番，不过显然没有发现隐藏铸币机的痕迹。他走下楼去，和一干人把麦克默多押送到警察局去。天色已经昏黑，刮起一阵强烈的暴风雪，街上行人很少，只有少数几个闲逛的人跟在他们后面，壮着胆子大声诅咒被捕者。

“处决这个该死的死酷党人！”他们高声喊道，“处决他！”在麦克默多被推进警察局时，他们嘲笑他。在主管的警官简短的审问之后，麦克默多被投进了普通牢房。他发现鲍德温和前一天晚上的其他三个罪犯也在这里，他们都是这天下午被捕的，等候明天审讯。

自由人会的手很长，甚至能伸到监牢里。天晚以后，一个狱卒带进来一捆稻草给他们铺用，然后他又从里面拿出两瓶威士忌、几个酒杯和一副纸牌来。于是他们饮酒赌博，狂欢了一夜，丝毫不顾虑明早的事。

他们这样做什么麻烦也没惹出来，案件的结局就是明证。第二天，在法庭上，负责审理此案的地方法官根据证词不能给他们定罪。一方面，排字工人和印刷工人被迫承认灯光十分模糊，他们自己也非常混乱慌张，尽管他们相信被告就是其中的人，但很难绝对保证认清行凶者的面貌。经过麦金蒂安排好的聪明的律师一番盘问以后，这些证人的证词就更加含混不清了。

被害人已经证明说，他遭受突然袭击时非常震惊，除了记得第一个动手打他的人有一撮小胡子以外，就什么也说不清了。他补充说，他知道这些人是死酷党党徒，因为社会上没有别的人恨他，由于他经常公开发表评论，长期以来受到该党党徒的威胁恫吓。

另一方面，有六个公民，其中包括市政官、参议员麦金蒂出庭作证，他们的证词坚决、一致、清楚地说明，这些被告当晚都在工会打扑克，一直到严重违法行为发生一个多小时以后才散场。

不用说，对被捕的人所受的烦扰，这位法官说了一些近乎道歉的话，同时含蓄地训斥了马文队长和警察多管闲事，接着便把被告释放了。

这时法庭内一些旁听者大声鼓掌欢迎这一裁决，麦克默多看出其中有许多熟悉的面孔。会里的弟兄都微笑着向他挥手致意。可是另一些人在这伙罪犯从被告席上鱼贯而出时，坐在那里双唇紧闭，目光阴郁；其中一个小个子黑胡须面容坚毅果敢的人，在那些获释的罪犯从他面前走过时，说出了他自己和其他人的想法。

“你们这些该死的凶手！”他喊道，“我们会收拾你们的！”

五　最黑暗的时刻

杰克·麦克默多自从被捕和无罪释放以后，在他那一伙人中，声名大噪。一个人在入会的当夜就干了一些事，使他在法官面前受审，在这个社团是史无前例的。他已赢得很高的声望。人们认为他是一个好酒友，一个兴致高涨的狂欢者，性情高傲，绝不肯受人侮辱，即便对具有无上权威的首领本人，他也绝不让步。可是除此之外，他还给同伙留下了很深的印象：大家认为，在全分会，没有一个人的头脑能像他那样转眼就能想出一个嗜血成性的阴谋诡计，也没有一个人的手能像他那样把这样的阴谋诡计付诸实施。“他一定是一个手脚利落的家伙。”那些老家伙们议论道，他们等待着时机，好让麦克默多大显身手。

麦金蒂手中已有足够的役使工具，可是他认为麦克默多是最有才干的人。他觉得自己好像一个主人，用皮带系着一条凶残嗜血的猎犬；他用一些劣种狗去做小事儿，但总有一天要放开这个凶兽去捕食。少数会员，其中也有鲍德温，对这个外来人升得这么快深感不满，甚至怀恨在心。可是他们却回避他，因为麦克默多就像轻易笑闹一样随时可以和人决斗。

尽管麦克默多在党羽中赢得了声誉，他却失去了另外一个甚至是对他更重要的关系，那就是伊蒂·沙夫特的父亲从此不再和他打交道，也不许他上门。伊蒂深深沉湎于对麦克默多的爱情之中，但她善良的心性却觉得，倘若和一个暴徒结婚的话，其后果将难以想象。

一天早晨，在一整晚的辗转反侧、彻夜未眠之后，伊蒂决心去看望麦克默多。她想或许这是最后一次和他见面了，她要尽最大努力把他从那些拉他下水的恶势力中挽救出来。麦克默多经常求她到他家中去，于是她便向麦克默多家径直走去，并直接奔向他的客厅。麦克默多此时正坐在桌前，背对着门口，面前放着一封信。年方十九的伊蒂，陡然闪过一个女孩子的顽皮念头。她轻轻把门推开，见麦克默多丝毫没有察觉，便蹑手蹑脚地走向前去，把手轻轻地放在他的肩上。

伊蒂本想吓一吓麦克默多，这一招儿成功了；但没有料到自己也受到了惊吓。麦克默多像老虎一般反身一跃，把右手扼到伊蒂咽喉上。与此同时，他用左手把他面前放的信揉成一团。一时间，他怒目横眉地站在那里。可是，定睛一看，他不由得惊喜交加，马上收敛起他那凶恶的面容。伊蒂已被吓得向后退缩，因为在她那娴静文雅的生活中还从未碰到过这样的事。

“原来是你呀!”麦克默多擦去额头上的冷汗，说道，“没有想到是你来，亲爱的，我差点儿没把你扼死。来吧，亲爱的。”麦克默多伸出双手说道:“让我来向你赔礼。”

伊蒂突然从麦克默多的表情上看出，他是因为犯罪而心存惊恐。这让她惊魂难定。她那女性的本能告诉自己，麦克默多绝不是徒然受惊才吓成这个样子。他是因为犯罪——就是这个问题——是因为犯罪而感到惊恐!

“你出了什么事，杰克?”伊蒂高声说道，“为什么我把你吓成这样？噢，杰克，假如你问心无愧的话，你是绝不会这样看着我的!”

“不错，我正在想别的事情，所以你那么婀娜轻盈地走进来……”

“不，不，绝不仅是这样，杰克，”伊蒂突然起了疑心，“让我看看你写的那封信。”

“啊，伊蒂。我不能给你看。”

伊蒂更加怀疑了。

“那肯定是给另一个女人写的，”她叫嚷道，“我知道了！你为什么不让我看？那是给你妻子写的信吧？我怎能确定你是一个未婚男子呢？你是一个外来人，没有一个人了解你。”

“我没有结过婚，伊蒂。瞧，我现在发誓！你是世上我唯一爱的女人。我对着耶稣的十字架发誓！”

麦克默多面色苍白，激动恳挚地辩白，伊蒂只得相信他。

“好，那么，”伊蒂说道，“你为什么不愿让我看那封信呢？”

“我可以告诉你的是，亲爱的，”麦克默多说道，“我曾宣誓不给别人看这封信，正像我不会破坏我对你发过的誓言一样。因此，我要对接受我誓言的人守信用。这是会里的事务，即使对你也要保守秘密。当你把一只手放到我肩上时，我之所以受到惊吓，是因为这可能是一只侦探的手啊，难道连这你还不明白吗？”

伊蒂觉得他说的都是实话。麦克默多把她拥在怀中，亲吻她，驱散她的惊恐和疑虑。

“那么，请坐在我身旁。这是王后的奇异宝座，不过这已是你贫穷的情人所能给你的最好的东西了。我想，将来总有一天他会让你得到幸福的。现在你感觉好一点儿了吗？”

“当我知道你是罪犯中的一员时，当我不晓得哪一天会听到法庭审理你的杀人案件时，我怎么能有一时片刻的安宁呢？昨天，我们的一个房客这样称呼你，说什么‘麦克默多这个死酷党人’。这简直像一把刀子扎到我心里一样啊！”

“确实，让他们说去好了，没什么了不起。”

“可是他们说的是实话。”

“好，亲爱的，事情不是像你想的那么坏。我们不过是一些穷人，试图用我们的方式，来争取我们的权利罢了。”

伊蒂双臂搂住她情人的脖子。“放弃它吧！杰克，为了我，为了上帝，放弃它吧！今天我就是为了求你才到这儿来的。噢，杰克，看，我跪下来求求你！我跪在你面前恳求你放弃它！”

麦克默多抱起伊蒂，把她的头放在胸前，抚慰她道：“当然，亲爱的，你不知道你的要求意味着什么。如果这意味着破坏我的誓言，背离我的同伴，我怎么能放弃它呢？假如你能明白我干的是什么事，你就不会向我要求这个了。再说，即使我想这样做，我又怎

伊蒂抱着麦克默多

能做得到呢？你不想一想，死酷党能容许一个人携带它的一切秘密随便走掉吗？”

“我想到这点了，杰克。我完全计划好了。父亲攒了一些钱。他早已厌倦了这个地方，在这里那些人的恐怖行为让我们的生活暗无天日。父亲已经准备离开。我们一起逃往费城，或是去纽约，到那里我们就安全了，不必再怕他们了。”

麦克默多笑了笑，说道：“这个会党的手可以伸得很长。你以为它不能从这里伸到费城或纽约去吗？”

“好，那么，我们去西方，或是去英国，或是去德国，爸爸就是那里人。只要离开这‘恐怖谷’，到哪里都行。”

麦克默多想到了老莫里斯兄弟。

“真的，我听到有人这样称呼这座山谷，这已是第二次了。”麦克默多说道，“这厚重的阴霾看来确实压在你们许多人的头上啊！”

“它无时无刻不使我们的生活惨淡无光。你想特德·鲍德温会宽恕我们吗？假如不是他怕你，你想我们的运气会怎么样？你只要看看他望着我时的那种如饥似渴的眼光就够了！”

“苍天在上！假如让我再碰到他这样，我一定要好好教训教训他。不过，小姑娘，我不能离开这里。我不能。请彻底相信我的话吧。不过只要你让我自己去想办法，我一定会找到体面的出路的。”

“干这样的事是不体面的。”

“好，好，这不过是你的看法。可是只要你给我六个月的时间，我保证可以做到离开这里时毫不愧对于人。”

姑娘高兴得笑了。

“六个月！”她大声说道，“这是你的诺言吗？”

“对，也可能是七个月或八个月。可是最多不过一年，我们就可以离开这个山谷了。”

伊蒂所能得到的莫过这些了，但这些很重要。这隐隐的一丝曙光，就把将来的一切阴霾一驱而尽。她满心轻松愉快地回到父亲家中。自从杰克·麦克默多闯入她的生活以来，她还从未有过这种心情。

也许有人以为，死酷党的所作所为全都会让它的党徒知道，可是他很快就会发现这个组织比一般简单的分会要广泛、复杂得多，即使身主麦金蒂对许多事也一无所知。因为有一个称为县代表的官员，住在离市中心很远的霍布森领地，他用出人意料而又专横的手段行使权力，统治着各个不同的分会。麦克默多仅仅看到过他一次。这是一个狡诈的人，头发有点儿发灰，行动鬼鬼祟祟，活像一只耗子，总是充满恶意地斜眼看人。此人名叫埃文斯·波特。甚至维尔米萨的大头目在他面前也感到有些畏惧。这就如同非凡的丹东[1]在凶险的罗伯斯庇尔[2]面前感到软弱无力一样。

一天，麦克默多同寓的伙伴斯坎伦收到麦金蒂的一封便笺，里面附有埃文斯·波特写来的信，信上通知说，将派两名得力人员——劳勒和安德鲁斯——到邻区行事，而对他们行事的对象，就不做详细说明了。身主是否可以给他们安排适当住处？麦金蒂写道，在工会里任何人都无法保守秘密，因此，他责成麦克默多和斯坎伦把这两个来人安排在他们的寓所住几天。

当天夜晚，这两个人就来了，每个人带着一个手提包。劳勒年龄较大，是一个精明人，沉默寡言，比较稳重，身着一件旧礼服大衣，戴着一顶软毡帽，脸上长着乱蓬蓬的灰白胡子，让人感觉他是一个巡回传教士。他的伙伴安德鲁斯是一个半大的孩子，面容坦率，性情开朗，举止轻快活泼，好像是要一个人出来欢度假期，准备不放过一分钟地尽情欢乐似的。两个人都滴酒不沾，从各方面看都是地地道道的党徒。他们是这个杀人协会的得力工具和杀人凶

---

① 丹东（1759—1794）：十八世纪末法国资产阶级革命的著名活动家、律师。他说过：“为了战胜敌人，必须勇敢，勇敢，还要勇敢。”后来丹东及其附和者实质上变成了反革命政党，1794 年 4 月 5 日被革命法庭判处死刑。——译者注

② 罗伯斯庇尔（1758—1794）：十八世纪末法国资产阶级革命的著名活动家，雅各宾派专政时期（1793 年 6 月—1794 年 7 月）的革命政府首脑。——译者注

手。劳勒已经干过十四次这类犯罪活动，安德鲁斯也杀过三次人了。

麦克默多发现，他们很乐意谈自己过去的所作所为，而且讲起来颇为得意，带着为社团立下过汗马功劳的骄傲神情，但对目前要执行的任务却守口如瓶。

“他们选派我们来是因为我和这个孩子都不饮酒，”劳勒解释说，“他们相信我们不会说出我们不应该说的。这是县代表的命令，我们必须服从。请你们不要见怪。”

“当然了，我们在同一条船上。”斯坎伦说道，这时四人坐下共进晚餐。

“这是实话，我们可以毫无限制地谈论如何杀死查利·威廉斯，或者如何杀死西蒙·伯德以及过去的其他案子。可是在我们这件事未得手之前，我们什么也不能谈。”

“这里有六七个人，我要教训他们。”麦克默多咒骂道，“我猜，你们是不是追踪铁山的杰克·诺克斯？我认为他应该得到惩罚。”

“不，还不是他。”

“要不然是赫尔曼·斯特劳斯？”

“不，也不是他。”

“好，如果你们不肯说，我们也不勉强，可是我很愿意知道。”

劳勒摇头微笑。他是坚决不肯开口了。

尽管他们俩缄默不言，斯坎伦和麦克默多却决定参加他们所说的“游戏”。所以，一天清晨，麦克默多听到他们蹑手蹑脚地下了楼，便把斯坎伦叫醒，急忙穿上衣服。这时房门大开，天还没亮，他们借助灯光，看到那两个人已经走到街上，麦克默多和斯坎伦便小心翼翼地尾随着踏雪而行。

他们的寓所靠近镇边，那两个人很快就走到了镇外边的十字路口。另有三人早在那里等候，劳勒和安德鲁斯与他们匆匆说了几句话，便一同走了。可想而知，一定是有重大的事情，所以要用这么多人。有几条小路通往各个矿场，这些人走上一条通往克罗山的小路。那里的矿场掌握在一个极有魄力、精明能干的人手中，由于这个英国经理乔塞亚·邓恩精力旺盛、不惧邪恶，所以长期以来，尽管恐怖笼罩着山谷，这里却依然纪律严明、秩序井然。

天色已经大亮，工人们慢慢上路，有的独自一人，有的三五成群，沿着踩黑了的小路走去。

麦克默多和斯坎伦混在人群中慢步走去，始终确保能够望到他们所尾随的人。一股浓烟升起，紧接着是一阵儿汽笛刺耳的尖叫声。这是开工的信号，十分钟以后，罐笼会降下去，劳动也就开始了。

他们来到矿井周围空旷的地方，已经有上百名矿工等在那里，因为天气严寒，他们不住地跺脚，向手上呵气。那几个陌生人就站在机房附近。斯坎伦和麦克默多登上一堆煤渣，可以从此处望到全景。他们看到矿务技师——名字叫作孟席斯的大胡子苏格兰人从机房里走出来，吹着哨子，指挥罐笼降下去。

这时，一个身体颀长、面容诚恳、脸刮得光光的年轻人向矿井前走去。他就是这个矿场的经理乔塞亚·邓恩。在他走过来时，一眼就看到了机房旁那伙默不作声、站着不动的陌生人。这伙人把帽子戴得很低，竖起大衣领子遮着脸。瞬间这个经理已经预感到死神把它冷酷的手抚到他的心上，但他不顾一切，只顾恪尽职责，要去驱逐这几个闯进来的陌生人。

“你们是什么人?”他一面向前走去，一面问道，“你们在这里游荡什么?”

没有一个人回答他，这时少年安德鲁斯走上前去，一枪射中了他的肚子。这时，上百名正在等候上工的矿工一动也不动，手足无措地站在那里，似乎已被吓得目瞪口呆。这个经理双手捂住伤口，弯下身子，摇摇晃晃地走向一旁，可是另一个凶手又开了枪，他便倒在了地上，在一堆渣块间挣扎。那个苏格兰人孟席斯见此大吼一声，举起一把大铁扳手向凶手们打去，可是他脸上立刻中了两枪，也倒在凶手脚旁死去。

这时一阵儿哗乱，一些矿工涌向前来，可是两个陌生人向众人头上连发数枪，于是人群溃散开来，一些人径直跑回维尔米萨自己家里去了。

只有少数胆大的人重新聚在一起，又返回矿山。这伙杀人犯已经消失在清晨的薄雾中，他们虽然当着上百名旁观者的面杀害了两个人，却没有留下一点儿证据。

斯坎伦和麦克默多转回家去。斯坎伦心情懊丧，因为这还是他第一次亲眼目睹杀人行凶，而且不像人家告诉他的那样，是一种“游戏”。在他们赶回镇里时，被害经理的妻子可怕的哭叫声一直萦绕在他们耳边。麦克默多受到很大的震动，一言不发。不过他看到同伴如此懦弱，却也不以为然。

“真的，这像是一场战争，”麦克默多重复说道，“我们和他们之间不是战争是什么呢？不管在什么地方，只要能回击就向他们回击。”

这天夜晚，工会大楼中分会办公室里大肆狂欢，不仅庆祝成功刺杀了克罗山煤矿经理和技师——因为这场胜利使该会党今后可以对被勒索和吓昏了的公司更加为所欲为，而且还庆祝分会本身多年来取得的胜利。

在县代表派五名得力人手到维尔米萨来行刺时，他要求，维尔米萨也要秘密选派三个人去刺杀斯特克罗亚尔市的威廉·黑尔斯作为酬谢。黑尔斯是吉尔默敦地区的一位人所共知、受人爱戴的矿产主。他深信他在世上没有敌人，因为不管从哪方面看他都是一个模范的雇主。但是，他在工作中很讲求效率，曾把一些酗酒闹事、游手好闲的雇员给辞退了，而他们正是具有无上权势的死酷党的党员。即使死亡威胁着他，他的决心也不会动摇。而在一个自由文明的国家里，他却被人杀害了。

杀人回来以后，特德·鲍德温摊开四肢，半躺在身主旁边的荣誉席上，他是这一组人的头目。他那绯红的面孔以及呆滞、充满血丝的双眼说明他没有睡过觉和饮酒过量。头一天他和两个同伙在山中过了一夜。他们不修边幅，疲惫不堪。可是没有哪些从敢死队回来的英雄，能像他们那样得到同伙如此热烈的欢迎。

他们兴高采烈地一遍又一遍讲述他们的杰作，伴随而来的是兴奋的叫喊声、狂笑声。他们在陡峭的山顶上隐藏起来，守候他们准备杀害的人黄昏回家。他们知道，这个人一定会让他的马在这里缓辔而行。因为天气严寒，被害者穿着毛皮衣服，以致未来得及掏出手枪。他们把他拉下马来，一连打了他好几枪。他曾高声求饶。这求饶声被死酷党人当作笑料翻来覆去地说着。

“让我们再听听他是怎样惨叫的。”这些匪徒们叫喊道。

他们谁也不认识这个人，可是借着这起杀人行乐的无穷无尽的戏剧性事件，他们能够向吉尔默敦地区的死酷党人显示，自己是可以信赖的人。

还有一个意外事件，当他们把手中枪里的子弹都倾泻到这具僵卧的尸体上时，一对夫妻正好驱车来到这里。有人提议连这两个人也一起干掉，可是这两个人与这个矿山毫无关系，所以他们厉声命令这对夫妻不许声张，赶紧走开，以免遭到不幸。那具血肉模糊的尸体则被丢在那里，向那些实行铁腕管理的矿主示警，而那三名超级的复仇者则消失在亘古未曾开拓的荒山僻壤之中。

他们得了手，在这里安全而稳妥，同党们的赞扬喝彩声不绝于耳。

这是死酷党人得意的日子，阴霾笼罩了整个山谷。可是正如一个足智多谋的将军选择在胜利的时机加倍扩大战果，使敌军溃败后无暇整顿一样，这时首领麦金蒂阴险恶毒的双眼前浮现出一个作战方案，筹划新的诡计去谋害那些反对他的人。当天晚上，在喝得半醉的党徒们走散以后，麦金蒂碰了碰麦克默多的胳臂，把他引到他们第一次见面的那间内室里。

“喂，伙计，”麦金蒂说道，“我终于给你找到了一件值得你干的差事。你可以亲手去完成它。”

“听到此话我感到很骄傲。”麦克默多答道。

“你可以带两个人和你一起去，这两个人是曼德斯和赖利。我已经吩咐过他们了。不除去切斯特·威尔科克斯，我们在这一地区就永远不能安心。假如你能把他干掉，你就能赢得产煤区每一个分会的感谢。”

“无论如何，我一定尽力去做。他是谁？我在哪里可以找到他？”

麦金蒂从嘴角拿开雪茄，从笔记本上撕下一张纸来，开始画一个草图。

“他是迪克钢铁公司的总领班，是个意志刚强的人，在战时是一个老海军陆战队上士，受过许多伤，头发灰白。我们曾两次去解决他，但都没有成功，而吉姆·卡纳韦反而丢了性命。现在请你接着去完成它。这就是那所房子，孤零零地在迪克钢铁公司的十字路口，正像你在这张图上所看到的一样，没有人能听得到声音。白天去是不行的，他经常戒备着，枪法又快又准，而且连问也不问就开枪。可是在夜间——对，他和妻子、三个孩子和一个佣工住在那里。你要干就全干掉，别无选择。如果你把一包炸药放在前门，上面用一根慢慢引着的导火线……”

“这个人干了什么事？”

“我不是对你说过他枪杀了吉姆·卡纳韦吗？”

“他为什么要枪杀吉姆呢？”

“这和你有什么关系呢？卡纳韦夜里走到他房子附近，他就开枪打死了卡纳韦。你我就谈到这里。你现在就可以去把这事儿打点一下了。”

“还有两个妇人和三个小孩儿，连他们也一起干掉吗？”

“也要干掉，不然我们怎么能干掉他呢？”

“他们并没有什么罪过，连他们也一起干掉，似乎有些难以下手。”

“这话多么愚蠢！你变卦了吗？”

“慢着，参议员先生，别急！我什么时候说过或做过让你认为我不接受身主命令的事呢？不管对也好，错也好，反正由你来定就是了。”

“那么，你去完成它？”

“当然，我会去完成它。”

“什么时候?”

“啊，你最好给我一两个晚上时间，这样我就可以看看这所房子，拟订计划，然后……”

“太好了，”麦金蒂握了握他的手，说道，“我把这事儿交给你了。你把消息带回来时，我们就可以好好庆祝了。这正是最后的一着，要让他们全都向我们屈膝。”

麦克默多突然接受这样的委托，不由得久久地深思。切斯特·威尔科克斯居住的孤零零的房屋在邻近的山谷里，离这里有五英里左右。这天夜晚，麦克默多独自一人去为暗杀活动做准备。他侦查完情况回来时，天色已经大亮。第二天，他去看他的两个助手曼德斯和赖利。这是两个鲁莽轻率的年轻人。他们兴高采烈的，仿佛要去打围逐鹿一样。

两夜以后，他们在镇外相会，三个人都带了武器，其中一人带了一袋采石场用的炸药。他们来到这所孤零零的房前时，已是半夜两点钟。夜里风势迅猛，乱云急驰，半轮明月时隐时现。他们深恐有猎犬出来，于是十分小心地向前走去，手中的枪机头大张。可是只听疾风怒吼，别无声息，只见树枝摇曳，别无动静。

麦克默多站在这所孤零零的房屋门外静听了一阵儿，里面寂静无声，便把炸药包放到门边，用小刀挖了一个小洞，点燃了导火索，和两个同伙走到远处的安全地带，伏在沟里观看。炸药爆炸的轰鸣声以及房屋倒塌的低沉的隆隆声，说明他们已经完成了任务。在这个社团的血腥史上还从来不曾有过这么干净利落的杰作呢。

然而，他们的精心策划和大胆执行都白费了！原来切斯特·威尔科克斯听到许多人被害的消息后，料想死酷党人也一定会来谋害自己，于是就在前一天把家搬到了比较安全而又无人知晓的地方去了。那里还有一队警察防守着。炸药所炸毁的只是一所空房子，而这位刚毅坚强的老海军陆战队上士依然严格地管理着迪克钢铁公司的矿工。

“待我来收拾他，”麦克默多说道，“把他交给我，即使我等他一年，也一定要结果他。”

会里的人都对他表示感激和信任，于是这件事就暂时结束了。

几个星期以后，报上报道说，威尔科克斯被人暗杀了。而麦克默多还在继续谋划他未完成的工作，这已经是众所周知的了。

这就是自由人会所用的一些手段，这就是死酷党人的所作所为。他们对这一广袤富庶的地区施行着恐怖统治，而由于存在着死酷党人的恐怖行动，长期以来，人们总是提心吊胆地生活着。为什么要用这么多罪恶的事实来玷污这些纸张呢？难道我还没有完全说清这些人和他们的手段吗？

这些人的所作所为已被载入史册，人们可以从记载里看到详细情节。读者可以在那里看到，他们还枪杀了警察亨特和埃文斯，因为他们竟斗胆逮捕过两个死酷党徒。这两个死酷党徒在维尔米萨分会策划下，干了两件暴行，他们残忍地杀害了两个孤立无援、手无寸铁的人。读者还可以读到，拉贝太太被枪杀了，只是因为首领麦金蒂命人将她丈夫打得半死，她紧抱着丈夫不放；老詹金斯被害，不久他弟弟也惨遭毒手；詹姆斯·默多克被弄得肢体残废；斯特普豪斯全家被炸；斯坦德鲁斯被谋杀；惨案一件接一件地发生在这个恐怖的寒冬里。

阴霾暗无天日地笼罩着恐怖谷。春天来了，溪水潺潺，草木发芽。长时间受到束缚的大自然恢复了生气，可是生活在恐怖之中的男男女女却依然看不到希望。他们头上的阴云从未像一八七五年初夏那般黑暗而令人绝望。

六　危机

恐怖统治达到了顶峰。麦克默多已经被委任为会中的执事，大有希望日后继麦金蒂做身主的候选人，现在他的同伙都要征求他的意见，以致没有他的指点和协助，就什么事也做不成。可是，他在自由人会中的名声愈大，当他在维尔米萨街上走过时，那些平民就愈仇视他。他们不顾恐怖的威胁，决心联合起来共同反抗压迫他们的人。死酷党听到传说：先驱报社有秘密集会，并向守法的平民分发武器，但麦金蒂和他手下的人对此却毫不介意。因为他们人数众多，胆大包天，武器精良；而对手却是一盘散沙，无权无势。结果一定会像过去一样，只是漫无目标地空谈，多半是无能为力地罢手而已。这就是麦金蒂、麦克默多和那些勇敢分子们的说法。

死酷党党徒们经常在星期六晚上集会。五月里，一个星期六的晚上，麦克默多正要去赴会，被称为懦夫的莫里斯兄弟前来拜访他。莫里斯愁容满面，双眉紧皱，慈祥的面孔显得憔悴瘦长。

“我可以和你随便谈谈吗，麦克默多先生?”

“当然可以。”

“我从未忘记，有一次我曾向你说过心里话，甚至首领亲自来问你这件事，你也守口如瓶。”

“既然你信任我，我怎么能不这样做呢？但这并不等于我同意你所说的话。”

“这点我是知道的。不过我只有对你才敢说心里话，同时又不用担心泄露。现在我有一件秘密，”他把手放在胸前，说道，“它使我心急如焚。我愿它施加于你们任何一个人身上，只希望我能幸免。假如我把它说出来，势必要出谋杀案件。但如果我不说，那就可能招致我们全体覆灭。愿上帝保佑我，我简直不知如何是好了！”

麦克默多恳切地望着他，只见他四肢颤抖。麦克默多倒了一杯威士忌给他。

“这是对你这样的人用的药品，”麦克默多说道，“现在请你告诉我吧！”

莫里斯把酒喝了，苍白的面容恢复了红润。“我可以只用一句话就向你说清楚，”他说道，“已经有侦探追查我们了。”

麦克默多惊愕地望着他。

“怎么？伙计，你疯了！”麦克默多说道，“这地方不是经常塞满了警察和侦探吗？他们对我们又有什么损害呢？”

“不，不，这并不是本地人。正像你说的，那些本地人，我们都知道，他们是干不出什么名堂的。可是，你听说过平克顿的侦探吗？”

“我听说过几个人的名字。”

“好，我可以告诉你，他们追查你时，你可不要不在意。那不是一家漫不经心的政府机构，而是一个十分认真的企业中的智囊，它如果决心要查个水落石出，就会不择手段地要搞出个结果来。假如一个平克顿的侦探要插手这件事，那我们就全毁了。”

“我们必须杀了他。”

“啊，你首先想到的就是这个！那就一定要在会上提出来了。我不是向你说过，结果会出谋杀案件吗？”

“当然了，杀人算什么？在这里不是极普通的事吗？”

“的确，是这样，可是我并没有想叫这个人被杀啊！我心里又将永远不能平静了。可是不然的话，我们自己的生命也会受到威胁。上帝啊，我该怎么办呢？”他身体前后摇动，犹豫不决。

他的话使麦克默多深受感动。不难看出，麦克默多是同意莫里斯对危机的看法的，需要去应付它。麦克默多抚着莫里斯的肩膀，热情地摇摇他。

“喂，伙计，”麦克默多非常激动，几乎喊叫似的大声说道，“你坐在这儿像老太太哭丧一样是毫无用处的。我们来摆摆情况。这个人是谁？他在哪里？你怎么听说他的？为什么你会过来找我？”

“我来找你，是因为唯有你能指教我。我曾对你说过，在我来这里以前，我在东部开过一家商店。在那里，我有一些好朋友。有一个朋友是在电报局工作的。这就是我昨天收到的信，是他写给我的。这封信开头就写得很清楚，你自己可以把它念一下。”

麦克默多遂读道：

> 你们那里的死酷党人现在怎么样了？在报上看到许多有关他们的报道。你知我知，我希望不久就得到你的消息。听说，有五家有限公司和两处铁路局都十分认真地着手处理这件事。他们既然有这种打算，那你可以确信，他们一定会到那里去的。他们正要直接插手。平克顿侦探公司已经奉命进行调查，其中的佼佼者伯尔弟·爱德华兹正在行动，这些罪恶的事情现在完全可以得到制止了。

“请你把附言读一读。”

> 当然，我所告诉你的，是我从日常业务工作中了解到的，所以不能再进一步说清楚了。他们使用的是奇怪的密码，我不懂他们的意思。

麦克默多手里拿着这封信，无精打采地静坐了很久，一时间一团迷雾冉冉升起，在他面前呈现出万丈深渊。

“还有别的人知道这件事吗？”麦克默多问道。

“我没有告诉别的人。”

“不过这个人，你的朋友，会写信给别的人吗？”

“啊，我敢说他还认识一两个人。”

“是会里的人吗？”

“很可能。”

“我之所以要问这个，是因为或者他可以把伯尔弟·爱德华兹这个人的情况给介绍一下。那么，我们就可以着手追寻他的行踪了。”

“啊，这倒可以。可是，我觉着他并不认识爱德华兹。他告诉我的这个消息，也是他从日常业务中得到的。他怎么能认识这个平克顿的侦探呢？”

麦克默多猛然跳起来。

“天哪！”他大声说道，“我一定要抓住他。我连这事儿都不知道，该是多么愚蠢哪！不过，我们还算幸运！趁他还未能造成损害，我们可以先收拾他。喂，莫里斯，你愿意把这件事交给我去办吗？”

“当然了，只要你不连累我就行。”

“我来办这件事，你完全可以撒手让我来办。我甚至用不着提你的名字，我一人做事一人当，就当作这封信是写给我的。这样你满意了吧？”

“这样办正合我的心意。”

“那么，就谈到这里，你要保持缄默。现在我要到分会去，我们很快就可以让这个老平克顿侦探垂头丧气了。”

“你们不会杀死这个人吧？”

“莫里斯，我的老朋友，你知道的越少，你就越可以问心无愧。你最好去睡大觉，不要再多问了，让这件事顺其自然吧。现在就由我来处理它。”

莫里斯走时，忧愁地摇了摇头，叹道：“我觉得我的双手沾满了他的鲜血。”

“无论如何，自卫不能算是谋杀，”麦克默多狞笑道，“不是我们杀死他，就是他杀死我们。如果我们让他长久地待在山谷里，我想他会把我们一网打尽的。呃，莫里斯兄弟，我们还要选你做身主呢，因为你真正救了我们整个死酷党啊！”

然而从他的行动可以清楚地看出来，他虽然这么说，却十分认真地思考这个新获得的消息。可能是他问心有愧；可能是平克顿组织威名显赫；可能是知道这些庞大富有的有限公司要自己动手清除死酷党人，不管他是出于哪种考虑，他的行动说明他是从最坏处做准备的。在他离家以前，他把凡是会把他牵连进刑事案件的片纸只字都销毁了，然后才满意地出口长气，似乎觉得安全了。可是危险还是压在他心上，因为在去分会的途中，他又在老沙夫特家停了下来。沙夫特已经禁止麦克默多到他家去。可是麦克默多轻轻敲了敲窗户，伊蒂便出来迎接他。她的情人双目中的残暴的神情消逝了，但伊蒂从他严肃的脸上看到发生了什么危险的事。

“你一定出了什么事！”伊蒂高声说道，“噢，杰克，你一定遇到了危险！”

“不错，亲爱的，不过这并不是很坏的事。在事情没有恶化以前，我们把家搬一搬，那才是明智的。”

“搬家?”

“我曾答应过你，将来我要离开这里。我想这一天终于来到了。今晚我得到一个消息，是一个坏消息，我看麻烦事儿来了。”

“是警察吗?”

“对，是一个平克顿的侦探。不过，亲爱的，你不用打听到底是怎么回事儿，也不必知道这件事对我这样的人会怎么样。这件事与我关系太大了，但我很快就会摆脱它的。你说过，如果我离开这里，你会和我一起走的。”

“啊，杰克，这会使你得救的。”

“我是一个诚实的人，伊蒂，我不会伤害你那美丽身躯的一根毫发。你仿佛坐在云端的黄金宝座上，我常常瞻望你的容颜，却决不肯从那里把你拖下一英寸来。你相信我吗?”

伊蒂默默无言地把手放在麦克默多的手掌中。

“好，那么，请你听我说，并且照我说的去做。因为这确实是我们唯一的生路。我确信，谷中将有大事发生。我们许多人都需要加以提防。无论如何，我是其中的一个。如果我离开这里，不论日夜，你都要和我一起走！”

“我一定随后就去，杰克。”

“不，不，你一定要和我一起走。如果我离开这个山谷，我就永远不能再回来，或许我为了要躲避警察的耳目，连通信的机会也没有，我怎能把你丢下呢？你一定要和我一起走。我来的那地方有一个好女人，我会把你安顿到那里，我们再结婚。你肯走吗？”

“好的，杰克，我随你走。”

“你这样相信我，上帝会保佑你的！如果我辜负了你的信任，那我就是一个从地狱里钻出来的魔鬼了。现在，伊蒂，请你注意，只要我带一个便笺给你，你接到它，就要抛弃一切，直接到车站候车室，在那里等候，我会来找你的。”

“接到你写的便笺，不管白天晚上，我一定去，杰克。”

麦克默多做好了出走的准备工作，心情稍稍舒畅了些，便向分会走去。那里已经聚满了人。他回答了暗号，通过了戒备森严的外围警戒和内部警卫。麦克默多一走进来，便受到了热烈的欢迎。长长的屋子里挤满了人。他从烟雾之中看到了身主麦金蒂那乱成一团的又长又密的黑发，鲍德温凶残而不友好的表情，书记哈拉韦那鹫鹰一样的脸孔，以及十几个分会中的领导人物。他很高兴，他们都在这里，可以商议一下他得来的消息。

“真的，我们看到你很高兴，兄弟！”身主麦金蒂高声说道，“这里正有一件事需要有一个所罗门[①]作出公正的裁决呢！”

“是兰德和伊根，”麦克默多坐下来，邻座的人向他解释说，“他们两个人枪杀了斯泰尔斯镇的克拉布老人，两个人都抢着要分会的赏金，你来说说究竟是谁开枪击中的？”

麦克默多从座位上站起来，把手举起，他脸上的表情完全吸引了大家的注意力。人群中一阵儿死一样的寂静，大家都等待着他讲话。

“可敬的身主，”麦克默多严肃地说道，“我有紧急的事报告！”

“既然麦克默多兄弟有紧急事报告，”麦金蒂说道，“按照会中

① 古以色列王国国王大卫之子，以智慧著称。——译者注

规定，自然应该优先讨论。现在，兄弟，请你说吧。”

麦克默多从衣袋里拿出信来。

“可敬的身主和诸位弟兄，”麦克默多说道，“今天，我带来一个坏消息。不过我们能够事先知道并加以讨论，总比毫无戒备就被一网打尽要好得多。我得到通知说，国内那些最有钱有势的组织联合起来准备消灭我们，有一个平克顿的侦探，一个名叫伯尔弟·爱德华兹的人已经来到这个山谷里搜集证据，为的是要把绞索套到我们许多人的脖子上，把在座的各位送进重犯牢房。所以我说有紧急事要报告，请大家讨论。”

室中顿时鸦雀无声，最后还是身主麦金蒂打破了沉寂。

“麦克默多兄弟，你有什么证据吗？”麦金蒂问道。

“我收到一封信，这些情况就在这封信里写着。”麦克默多说道。他高声把这封信中的部分内容读了读，又说：“我要守信用，不能把这封信的详细内容都读出来，也不能把信交到你们手里，但我敢向你们保证，信上再也没有与本会利益攸关的事了。我一接到信，就立即前来向诸位报告这件事。”

“请允许我讲一讲，”一个年纪较大的弟兄说道，“我听说过伯尔弟·爱德华兹这个人，他是平克顿私家侦探公司里最有名气的侦探。”

“有人见过他吗？”

“是的，”麦克默多说道，“我见过他。”

室内顿时出现一阵儿惊诧的低语声。

“我相信他跑不出我们的手心，”麦克默多笑容满面，继续说道，“假如我们干得迅速而机智，很快就可以把这件事解决好。如果你们信得过我，再给我一些帮助，那我们就更没有什么可怕的了。”

“我们有什么可怕的呢？他怎么能知道我们的事呢？”

“参议员先生，如果大家都像你那样忠诚，你就可以这样说。可是这个人有那些资本家的百万资本做靠山。你难道以为我们会里就没有一个意志薄弱的弟兄可以被收买吗？他会弄到我们的秘密的，甚至可能已经把秘密弄到手了。现在只有一种可靠的对策。”

“那就叫他不能活着离开这个山谷!”鲍德温说道。

麦克默多点点头。

“说得好，鲍德温兄弟，”麦克默多说道，“你我过去往往意见不合，可是今晚你倒说对了。”

“那么，他在哪里呢?我们在哪里能找到他?”

“可敬的身主，”麦克默多激情洋溢地说道，“我认为，这对我们来说是一件生死攸关的大事，不便在会上公开讨论。我并不是不信任在座的哪位弟兄，可是只要有只言片语传到那个侦探耳中，我们就会失去抓到他的一切机会。我要求分会选择一些最可靠的人。假如我可以提议的话，参议员先生，你自己算一个，还有鲍德温兄弟，然后再找五个人。那么我就可以自由地发表我所知道的一切，也可以说一说我打算怎么做了。”

麦克默多的建议马上被采纳了。选出的人员除了麦金蒂和鲍德温以外，还有面如鹫鹰的书记哈拉韦、老虎科马克、凶残的中年杀手司库卡特和不顾生死的亡命徒威拉比两兄弟。

大家心头上仿佛笼罩了一片乌云，许多人第一次看到，在他们居住得那么久的地方，一片为被害者复仇的乌云——法律，正弥漫在晴空中。过去他们对其他人施以恐怖压迫，他们一直认为他们是永远不会因此而遭到报应的，但是如今的现实却让他们大吃一惊，这种果报来得如此急迫，紧压在他们头上。所以党徒们例常的欢宴，这次却抑郁不欢，草草收场了。党徒们很早就走开了，只有他们的头领们留下议事。

“麦克默多，现在你说吧。”他们七个人呆呆地坐在那里，麦金蒂说道。

“我刚才说过我认识伯尔弟·爱德华兹，”麦克默多解释说，“我用不着告诉你们，你们就可以想到，他在这里用的不是这个名字。他是一个勇敢的人，不是一个蠢货。他诡称名叫史蒂夫·威尔逊，住在霍布森领地。”

“你是怎么知道的呢?”

“因为我和他讲过话。那时我还没有想到这些，要不是收到这封信，我连想也不会再想这件事了。可是，现在我深信这就是那个人。星期三我有事到霍布森领地去，在车上遇到他。他说他是一个记者，那时我相信了他的话。他说他要为纽约一家报纸写稿，想了解有关死酷党人的一些情况，还要调查所谓的‘暴行’。他问了我各种各样的问题，打算弄到一些情况。你们可以相信，我什么也没有泄露。他说：‘如果我能得到对我编辑工作有用的材料，我愿出重金酬谢。’我拣我认为他最爱听的话说了一遍，他便付给我一张二十元纸币做酬金。他又说：‘如果你能把我所需要的一切告诉给我，那我就再加十倍酬金。’”

“那么，你告诉了他些什么？”

“我可以虚构出任何材料。”

“你怎么知道他不是报馆的人呢？”

“我可以告诉你们，他在霍布森领地下了车，我也随着下了车。后来我走进了电报局，他则刚从那里离开。‘喂，’在他走出去以后，报务员说道，‘这种电文，我想我们应当加倍收费才对。’我说：‘我想你们是应当加倍收的。’我们都觉得他填写的电报单像中文那么难懂。这个职员又说：‘他每天都来发一份电报。’我说：‘对，这是他们报纸的特别新闻，他怕别人知道。’这就是那时候那个报务员和我所想到的。可是现在我的想法却截然不同了。”

“天哪！我相信你的话是真的，”麦金蒂说道，“可是你认为我们应该怎样对付这件事呢？”

“为什么不立刻去收拾他呢？”有一个党徒提议说。

“哎，不错，愈早愈好。”

“如果我知道他住在哪里，我就立刻这样去做了。”麦克默多说道，“我只知道他住在霍布森领地，可不知道他的寓所。不过，只要你们能接受我的建议，我倒有一个计划。”

“好，什么计划？”

“明天早晨我就到霍布森领地去，我会通过报务员去找他。我想，他能打听出这个人的住处。好，那么，我可以告诉他我自己就是一个自由人会会员。我告诉他，只要他肯出高价，我就把分会的秘密告诉他。他一定会同意的。那时我就告诉他，材料在我家里。因为到处都有人，不便让他白天到我家去。他自然知道这种起码的常识。我让他夜晚十点钟来我家看那些材料，那时我们一定可以抓住他。”

“这样好吗？”

“其余的事，你们可以自己去筹划。寡妇麦克娜玛拉家是一座孤零零的住宅。她绝对可靠而且聋得像一根木桩。只有斯坎伦和我住在她寓所。假如他答应来的话，我就告诉你们，我会让你们七个人九点钟到我这里来。到时我们就把他弄进房间。假如他还能活着出去，嗯，那他后半辈子就可以大吹伯尔弟·爱德华兹的运气了。”

“这么说，平克顿侦探公司就该有一个空缺了。要不，就是我弄错了。”麦金蒂说道，“就谈到这里吧，麦克默多。明天九点钟我们到你那儿去。他走进来以后，你只要把门关上，其他的事就交给我们处理好了。”

七　伯尔弟·爱德华兹的妙计

正如麦克默多所说的那样，他所寄寓的住所孤寂无邻，正适于他们进行所策划的那种犯罪活动。寓所位于镇子的最边缘，又远离大路。若是作其他案子，那些凶手只要照老办法把要杀的人叫出来，把子弹都射到他身上就行了。可是这次，他们却要弄清这人知道多少秘密，是怎么知道的，给他的雇主送过多少情报。

可能他们动手太晚了，对方已把情报送走了。如果真是这样，他们至少还可以向送情报的人复仇。不过他们希望这个侦探还没弄到什么非常重要的情报，要不然，他干吗不厌其烦地记下麦克默多捏造的那些毫无价值的废话呢。然而，所有的这一切，他们要让他亲口招认出来。一旦把他抓到手，他们会设法让他开口的，他们已经不是第一次处理这样的事了。

按照先前的计划，麦克默多去了霍布森领地。这天早晨警察似乎很注意他，正当麦克默多在车站等候时，那个自称在芝加哥就和他是老相识的马文队长，竟然和他打起招呼来。麦克默多不愿和他讲话，便转身走开了。这天中午麦克默多完成任务返回之后，到工会去见麦金蒂。

“他就要来了。”麦克默多说道。

“好极了！”麦金蒂说道。这位巨人只穿着衬衫，背心下露出的表链闪闪发光，钻石别针尤其光彩夺目。既开设酒馆，又玩弄政治，使得这位首领既有权势，又非常有钱。然而，昨天晚上，他面前仿佛闪现着监狱和绞刑这些可怕的东西。

“你估计他对我们的事知道得多吗?”麦金蒂焦虑地问道。

麦克默多阴郁地摇了摇头，说道：“他已经来了很长时间，至少有六个星期了。我想他还没有到我们这儿来收集他所需要的东西。倘若他要利用铁路资本来做后盾，又在我们中间活动了这么长时间，我想，他应该早已有所收获，而且早已把它传递出去了。”

“我们分会里没有一个意志薄弱的人，”麦金蒂大声说道，“每个人都像钢铁一样坚定可靠。不过，天哪！只有那个可恶的莫里斯。他的情况怎么样？一旦有人出卖我们，那就一定是他。我想派两个弟兄在天黑以前去教训他一顿，看看从他身上能得到什么情况。”

“啊，那样做倒也无妨，”麦克默多答道，“不过，我不否认，我喜欢莫里斯，并且不忍心看他受到伤害。他曾经向我说过一两次分会里的事，尽管他对这些事的看法不像你我一样，但他也绝不像是一个告密的人。不过，我并不想干涉你们之间的事。”

“我一定要结果这个老鬼!”麦金蒂发誓道，“我留意他已经有一年了。”

“好，你对这些知道得很清楚，”麦克默多答道，“不过你必须等到明天再去处理，因为在平克顿这件事解决好以前，我们必须暂停其他活动。时间有的是，何必一定要在今天去惊动警察呢。”

“说得对，”麦金蒂说道，“我们可以在把伯尔弟·爱德华兹的心挖出以前，从他身上弄清他到底是从什么地方得到的消息。他会不会看穿我们设的圈套呢?”

麦克默多笑容满面。

“我想我抓住了他的弱点，”麦克默多说道，“如果他能得到死酷党人的踪迹，他甚至甘心尾随他上天入地。我已经拿到他的钱了。”麦克默多咧嘴笑了，取出一沓钞票给大家看，“他答应看到我提供给他的全部资料后，还会给我更多的钱。”

“什么资料?”

“啊，根本就没有什么资料。我告诉他全体会员的登记表和章程都在我这里，他指望把一切秘密弄到手，然后再离开此地。”

“果然不错，”麦金蒂咧嘴笑道，“他没有问你为什么没把这些资料带去给他看吗?”

“我说我才不能带这些出门呢。我本来是一个受怀疑的人，况且马文队长这天又在车站上和我说过话，怎么可以呢!”

“对，我听说了，”麦金蒂说道，“我认为你能担当这一重任。我们把他杀掉以后，可以把他的尸体扔到一个旧矿井里面去。不过不管怎么干，我们也没法儿瞒过住在霍布森领地的人，况且你今天又到过那里。”

麦克默多耸了耸肩，说道：“只要我们处置得法，他们就找不出这件杀人案的证据来。天黑以后，没有人能看见他来过我的寓所，我会安排好，确保没有一个人能看到他。现在，参议员先生，我把我的计划向你讲一下，并且请你转告另外那几位。你们一起早一些来。他来的时间是十点钟，敲三下门，我就去给他开门，然后我在他身后把门关上。那时，他就是我们的囊中之物了。”

“这倒很简单。”

“是的，不过下一步就需要慎重考虑了。他是一个很难对付的家伙，而且武器精良。我把他骗来，他很可能十分戒备。他本想只有我一个人单独和他谈，可是我要是直接把他带到那间屋子，里面却坐着七个人，那时他一定会开枪，我们有一些人就会受伤的。”

“对。”

“而且枪声会把附近镇上所有该死的警察都招引来的。”

“你说得很对。”

“我一定能安排得很好。你们大家都坐在你和我谈过话的那间大屋子里，我给他开门以后，会把他引到门旁会客室里，让他等在那里，我假装去取材料，借机告诉你们事情的进展情况。然后我会拿着几张捏造的材料回到他那里。趁他读材料的时候，我就跳到他身前，紧紧抓住他双手，使他不能开枪。你们听到我喊，就立刻跑过来，越快越好，因为他也像我一样健壮，但我一定竭力坚持，保证坚持到你们来到。”

“这是一条妙计，”麦金蒂说道，“我们分会不会忘记你这次的功劳的，我想我不做身主时，我一定提名让你接替我。”

“参议员先生，说实话，我不过是一个新入会的弟兄。”麦克默多说道，可是他脸上的神色表明，他很愿意听到这位有实力的人说出这种赞扬的话。

麦克默多回到家中，着手准备夜晚这场你死我活的格斗。麦克默多首先把他那支“史密斯 & 韦森”牌左轮手枪擦干净，上好油，装足子弹，然后检查了一下这位侦探即将落入圈套的那间厅房。这间厅房很宽敞，中间放着一条长桌，旁边有一个大炉子。两旁全是窗户，窗户上没有窗板，只挂着一些浅色的窗帘。麦克默多很仔细地检查了一番。很显然，这间房屋太过暴露，不适合进行这样秘密的约会，但是好在这里离大路很远，不会引来不良后果。最后麦克默多又与他的同伙斯坎伦商议了这件事情。斯坎伦虽是一个死酷党人，却是一个于人无害的小人物，极为软弱无能，不敢反对他那些同伙的意见，可是有时当他被迫参加一些血腥的暗杀勾当时，私下里却异常惊恐厌恶。麦克默多三言两语把即将发生的事告诉了他。

“假如我是你的话，迈克·斯坎伦，我就在今夜离开这里，落得一身清净。这里在清晨以前，一定会有流血事件发生。”

“真的，杰克，”斯坎伦答道，“我并不愿意这样，可是我缺乏勇气。当我看到离这里很远的那家煤矿的经理邓恩被害时，我几乎忍受不住了。我没有像你或麦金蒂那样的胆量。假如会里不加害于我，我就照你劝告我的那样办，你们自已去处理晚上的事好了。”

麦金蒂等人如约赶来。从外表上看，他们是一些很体面的人，衣着华丽整洁，可是一个善于观察的人可以从他们紧闭的嘴角和凶恶残忍的目光中看出，他们渴望擒获伯尔弟·爱德华兹。这间屋子里没有一个人的双手不是多次沾满鲜血的，他们杀起人来心肠铁硬，如同屠夫屠宰绵羊一般。

当然，从身主麦金蒂的令人生畏的外貌和罪恶来看，他是首要人物。书记哈拉韦是一个骨瘦如柴的人，心黑手狠，长着一个皮包骨的长脖子，四肢神经痉挛，很关心分会的资金来源，却不管得来是否公正合法。司库卡特是一个中年人，冷漠无情、死气沉沉，皮肤像羊皮纸一般黄。他是一个有才干的组织者，几乎每一次犯罪活动的细节安排都出自此人的罪恶头脑。威拉比两兄弟都是实干家，个子高大，年轻力壮，手脚灵活，神色坚毅果断。他们的伙伴老虎科马克是一个粗眉大眼的黑脸大汉，甚至会中的同伙对他那凶狠残暴的秉性也畏惧几分。就是这些人，准备这夜在麦克默多寓所杀害平克顿的侦探。

他们的主人在桌上摆了些威士忌，这些人便急匆匆地大吃大喝起来。鲍德温和科马克已经半醉，醉后他们愈加显得凶狠残暴。因为这几夜依然寒冷异常，屋中生着火，科马克便把双手放到火上取暖。

“这就妥当了。”科马克说道。

“喂，”鲍德温捉摸着科马克话中的含意说道，“如果我们把他捆起来，我们就能从他口中得知真相。”

“不用怕，我们一定能从他口中得到真相的。”麦克默多说道。他生就铁石心肠，尽管这样重大的事情的全部重任落到他身上，他依然像平时一样沉着冷静、毫不在意。因此，大家都称赞他。

“由你来对付他，”身主麦金蒂赞许地说，“他毫无警惕地就会被你扼住喉咙。可惜你的窗户上没有窗板。”

麦克默多便走过去，把一个个窗子的窗帘拉紧，说道：“此时肯定没有人能来探查我们了。时间也快到了。”

“也许他觉察出有危险，可能不来了吧。”哈拉韦说道。

“不用怕，他要来的。”麦克默多答道，“像你们急于见到他一样，他也急于到这里来。你们听！”

他们都像蜡人一样坐着不动，有几个人正把酒杯送往唇边，这时也停了下来。只听门上重重地响了三下。

“不要作声。”麦克默多举手示警。这些人欣喜若狂，都暗暗握住手枪。

“为了你们的生命安全，不要出一点儿声音！”麦克默多低声说道，随即从室内走出去，小心翼翼地把门关上。

这些凶手都拉长了耳朵等候着。他们数着这位伙伴走过过道的脚步声，听到他打开大门，好像说了几句寒暄话，然后是一阵儿陌生的脚步声和一个陌生人的声音。过了一会儿，门砰地响了一下，接着是钥匙锁门的声音。他们的猎物已经完全陷入了牢笼。老虎科马克发出一阵儿狞笑，首领麦金蒂立马用他的大手掩住了科马克的嘴。

“别出声，你这蠢货!”麦金蒂低声说道，“你要坏我们的事了!”

邻室中传来模糊不清的低语声，谈个没完，令人难以忍耐。后来门打开了，麦克默多走了进来，把手指放到唇上。

麦克默多走到桌子一头，把他们打量了一番。他的面容起了令人捉摸不定的变化，这时他的神情似乎是一个着手办大事的人，面容坚毅果敢，双目从眼镜后面射出极其激动的光彩。他显然成了一个领导人。这些人急切地望着他，可是麦克默多一言不发，依然打量着他们每一个人。

“喂!”麦金蒂终于大声喊道，“他来了吗？伯尔弟·爱德华兹在这里吗?”

“不错，”麦克默多不慌不忙地答道，“伯尔弟·爱德华兹在此。我就是伯尔弟·爱德华兹!”

这短短的几句话说出来以后，室中顿时像空旷无人一般地寂静无声，只听到火炉上水壶的沸腾声。七个人面色惨白，十分惊恐，呆望着这位扫视他们的人。紧接着，随着一阵儿窗户玻璃的破裂声，许多闪闪发亮的来复枪筒从窗口伸进来，窗帘也全被撕破了。

这时首领麦金蒂就像是一头受伤的熊，咆哮了一声，跳到半开的门前。一支手枪正在那里等着他，煤铁矿警察队队长马文两只蓝色的大眼睛正灼灼有神地向他望着。这位首领只好退后，倒在他的座位上。

“参议员先生，你在那里还是比较安全的。”他们一直把他叫作

麦克默多的那个人说道，“还有你，鲍德温，如果你不把手离开你的手枪，那你就用不着刽子手了。把手拿出来，不然，我只好……放在那里，行了。这所房子已经被四十名全副武装的人包围了，你们自己可以想想你们还有什么机会逃走。马文，下掉他们的手枪！”

在这么多来复枪的威胁下，这些人丝毫没有反抗的可能。他们全被缴了械，只能面色阴沉、驯顺而惊讶地围坐在桌旁。

“在我们分别之前，我想对你们讲一句话，”这位给他们设下圈套的人说道，“我想我们不会再见面了，除非你们将来在法庭证人席上看到我。我想让你们回想一下过去和现在的一些事。你们现在知道我是谁了。我终于可以把我的名片放在桌子上了。我就是平克顿的伯尔弟·爱德华兹。人们选派我来剿灭你们这一匪帮。我玩了一场非常艰难而危险的把戏。没有一个人，连我最亲近的人也不知道我正冒险做着的事。这里只有马文队长和我的几个助手知道这件事。可是今晚这件事结束了，感谢上帝，我获胜了！”

这七个人面色苍白，愣愣地望着他。他们眼中显露出抑制不住的敌意，爱德华兹看出了他们这种威胁的神情，说道：“也许你们认为这件事还不算完。好，那我听天由命。不过，你们许多人的手不会伸得太远了，除了你们自己以外，今晚还有六十个人被捕入狱。我要告诉你们，我接受这件案子时，并不相信有像你们这样的一个社团。我还以为这是报纸上的无稽之谈呢。但我认为应当弄清楚。他们告诉我这和自由人会有关系，于是我便到芝加哥入了会。我发现这个社会组织只做好事，不做坏事，那时我更加确信这些纯粹是报纸上的无稽之谈了。

“但我还是在继续查访，于是我来到了这个产煤的山谷里。一到这个地方，我就知道我过去错了，这完全不是一些拙劣的故事传说。于是，我便停留下来观察。在芝加哥我从未杀过人，我一生中也从未制造过伪币。我送给你们的那些钱币都是真的，但我从来没有把钱用得这样得当过。可是我知道要怎样迎合你们的心理，所以我假装对你们说，我是犯了法逃走的。这一切都正如我想象的那样管用。

“我加入了你们那恶魔一般的分会，你们商议事情时，我尽力参加。可能人们会说我像你们一样坏，他们愿意怎么说就怎么说，只要我能抓住你们就行。可是事实是怎么样的呢？你们毒打斯坦格老人那次活动我参加了。因为没有时间，我来不及事先警告他。可是，鲍德温，当你要杀死他时，我拉住了你的手。假如我曾经建议过一些事情，那只是为了在你们中间保持我的地位，而这是一些我知道我可以预防的事情。我未能拯救邓恩和孟席斯，因为我事先完全不知道，然而我会看到杀害他们的凶手被处绞刑的。我事先警告了切斯特·威尔科克斯，所以，在我炸他居住的寓所时，他和家人能够一起躲起来了。也有许多犯罪活动是我未能制止的，可是只要你们回顾一下，想一想为什么你们要害的人往往回家时走了另一条路，或是在你们寻找他时，他却留在镇上，或是你们认为他要出来时，他却深居不出，你们就可以知道这正是我做的了。”

“你这个该死的内奸！”麦金蒂咬牙切齿地咒骂道。

“喂，约翰·麦金蒂，假如这可以减轻你的伤痛，你可以这样称呼我。你和你这一类人是上帝和这些地方居民的死敌，需要有一个人到你们和受你们控制的那些可怜的男女中间去了解情况。要达到这个目的，只有一种办法，于是我就采用了这种办法。你们称呼我是内奸，可是我想有成千上万的人要称呼我是救命恩人，我把他们从地狱里救了出来。我用了三个月的时间，在当地调查了全部的情况，掌握了每一个人的罪行和每一件秘密。如果不是知道我的秘密已经泄露出去，那我还要再等一些时候才动手呢。因为镇里已经接到了一封信，它会给你们敲起警钟来。所以我只好行动，而且必须迅速行动。

“我没有别的话要对你们说的。我要告诉你们，在我临终之日，想到我在这个山谷做的这件事，我就能安然死去。现在，马文，我不再耽搁你了，把他们拘捕起来。”

在此还需要再向读者多啰唆几句。斯坎伦被派去给伊蒂·沙夫特小姐送了一封蜡封的信笺。他在接受这项使命时，眨眨眼，会意地笑了。次日一大清早，一位美丽的女子和一个蒙首盖面的人，乘

死酷党人被警方抓获

坐铁路公司所派的特别快车，马不停蹄地离开了这个危险的地方。这是伊蒂和她的情人在这个恐怖谷中最后的行踪了。十天以后，老雅各布·沙夫特做主婚人，见证了他们在芝加哥的婚礼。

这些死酷党人被押解到远处去审判，他们的党徒无法威胁那里的法律监护人，他们枉费心机地到处走动，花钱如流水一般地铺桥搭救（这些钱都是从全镇敲诈、勒索、抢劫而来的），结果依然是枉费心机。控诉他们的证词写得非常周密、明确、证据确凿，因为写这份证词的人熟知他们的生活、组织和每一桩犯罪活动的每一个细节，以致尽管他们的辩护人要尽了阴谋诡计，也无法挽救他们灭亡的命运。过了这么多年，死酷党人终于被击破、被粉碎了。从此，山谷上方的乌云永远地消散了。

麦金蒂在绞架上结束了他的生命，临刑时悲泣哀号也是徒然。其他八名首犯也被处死。另有五十多名党徒被判以各种徒刑。至此，伯尔弟·爱德华兹大功告成。

然而，正如爱德华兹所预料的，这出戏还不算结束。还有别的人要继续上演，而且一个接一个地演下去。特德·鲍德温首先逃脱了绞刑，其次是威拉比兄弟二人，还有这一伙人中其他几个凶狠残暴的人也都逃脱了绞刑。他们只被监禁了十年，终于获得释放，而爱德华兹深深了解这些人，他意识到仇敌出狱这一天也就是自己平安生活的结束时刻。这些党徒立誓要为他们的同党报仇雪恨，不杀死他决不罢休！

有两次他们几乎得手，毫无疑问，第三次必然会接踵而至。爱德华兹无奈地离开了芝加哥。他更名换姓从芝加哥迁至加利福尼亚。伊蒂·爱德华兹与世长辞，他的生活一时失去了光彩。有一次他险遭毒手，他便再次更名道格拉斯在一个人迹稀少的峡谷里和一个名叫巴克的英国人合伙经营矿业，积蓄了一大笔财富。最后，他发现那些嗜血的猎犬又追踪而来。他清楚地意识到，只有立即迁往英国才是出路。后来约翰·道格拉斯重娶了一位高贵的女子，过了五年萨塞克斯郡的绅士生活。这种生活之后所发生的奇事，前面已经介绍过了。

八　尾声

经过警察局审理，约翰·道格拉斯案转到上一级法庭。地方法庭以自卫杀人无罪，宣判释放道格拉斯。

“不惜任何代价，一定要让他离开英国，”福尔摩斯在给爱德华兹妻子的信中写道，“这里危机四伏，甚至比他逃过的那些危难还要凶险许多。在英国，没有你丈夫安全的栖身之地。”

两个月过去了，我们渐渐淡忘了这件案子。可是一天早晨，我们的信箱里收到一封莫名其妙的信。信上只有简单的几个字：“天哪，福尔摩斯先生，天哪！”既无地址，又无署名。我看了这离奇古怪的语句，不禁觉得好笑，福尔摩斯却显得异常严肃。

“这一定是坏事情，华生！”福尔摩斯说道，双眉紧锁坐在那里。

夜里已经很晚了，我们的女房东哈德森太太进来通报说，有一位绅士有要事求见福尔摩斯。紧随着通报人之后，我们在伯尔斯通庄园所结识的朋友塞西尔·巴克走了进来。巴克面色阴郁，形容憔悴。

“我带来了不幸的消息，可怕的消息，福尔摩斯先生。”巴克说道。

“我也很担忧呢。”福尔摩斯说道。

“你没有接到电报吗？”

“我收到一个人写来的信。”

“可怜的道格拉斯。他们告诉我，他的真名叫爱德华兹，可是对我来说，他永远是贝尼托峡谷的杰克·道格拉斯。三个星期以前，他们夫妇二人一起乘‘巴尔米拉号’轮船到南非去了。”

“不错。”

“昨夜这艘船已驶抵开普敦。今天上午我收到道格拉斯夫人的电报：

杰克于圣赫勒拿岛附近大风中不幸落海。没有人知道怎么会发生这样的意外事故。

艾维·道格拉斯

“啊！原来如此！”福尔摩斯若有所思地说道，“嗯，我可以肯定，这是有人在幕后周密安排与指挥的。”

“你是说，你认为这不是一次意外的事故？”

“世界上没有这样的意外事故。”

“他是被人谋杀的吗？”

“当然了！”

“我也认为是这么回事儿。这些万恶的死酷党人，这一伙该死的复仇主义罪犯……”

“不，不，先生，”福尔摩斯说道，“这里另有一个主谋的人。这不是一个使用截短了的猎枪和拙笨的六响左轮的案件。你可以说这是一个老对手干的。可是我说这是莫里亚蒂的手法。这次犯罪行动是从伦敦指挥的，不是从美国来的。”

“可是他的动机是什么呢？”

“因为下这种毒手的人是一个不甘心失败的人，这个人与众不同的地方就在于，他所做的一切事都一定要达到目的。这样一个有才智的人和一个庞大的组织动手去消灭一个人，就如同铁锤砸胡桃，用力过度显得荒谬可笑，不过，这胡桃还是轻而易举地被砸碎了。”

“这个人和这件事有什么关系呢?”

“我只能告诉你，我们知道这些事，还是莫里亚蒂的一个助手走漏的消息。这些美国人是经过慎重考虑的。他们像其他外国罪犯那样，要在英国作案，自然就与这个犯罪的巨匠合伙了。从那时起，他们要害的人的命运就注定了。最初莫里亚蒂派他的手下去寻找要谋杀的人，然后指示怎样去处理这件事。结果，当他看到鲍德温暗杀失败的报告以后，就亲自动手了。你曾听到我在伯尔斯通庄园向贵友警告过，未来的危险比过去的要严重得多。我没说错吧?”

巴克生气地攥紧拳头敲打着自己的头部，说道：“你是说我们只能听任他们摆布吗? 你是说没有一个人能敌得过这个魔王吗?”

“不，我没这么说，”福尔摩斯说道，他的双眼似乎远望着未来，“我并没有说他是不能打倒的。可是你必须给我时间——你必须给我时间!”

一时之间，我们大家都沉默不语，而福尔摩斯颇有预见的炯炯双目好似要望穿云幕。